La Plage des rêves

SERGIO BAMBAREN

La Plage des rêves

Traduit de l'anglais
par Marie de Prémonville

Illustrations de
Heinke Both

PRESSES DU CHÂTELET

Ce livre a été publié sous le titre
Beach of Dreams
par McPhersons Printing Group in Victoria, 1996.

Si vous souhaitez recevoir notre catalogue et
être tenu au courant de nos publications,
envoyez vos nom et adresse, en citant ce livre,
aux Presses du Châtelet,
34, rue des Bourdonnais, 75001 Paris.
Et, pour le Canada, à
Édipresse Inc., 945, avenue Beaumont,
Montréal, Québec, H3N 1W3.

ISBN 2-84592-054-7

A *Olga*

« Le bonheur dépend moins, la Nature m'est témoin,
des choses matérielles que le pensent certains. »

(William Cowper)

« L'homme heureux n'est pas celui
qui paraît tel aux yeux des autres, mais celui
qui est tel à ses propres yeux. »

(Publilius Syrus, *Maximes*)

Prologue

Je restai debout devant la photo de l'homme posée sur mon bureau, à le dévisager. Il tenait dans sa paume le beau coquillage dont je lui avais fait cadeau.

Rien.

Je fermai les yeux de toutes mes forces, me concentrai pour essayer d'entrer en contact avec lui, pour retrouver la magie qu'il avait autrefois fait naître dans mon cœur.

Rien.

La magie semblait avoir disparu.

« Vous me manquez, Simon », m'entendis-je murmurer. Une larme glissa lentement le long de ma joue.

J'avalai une petite gorgée de porto Ruby, celui-là même que Simon et moi avions partagé tant de fois, lors de ces discussions qui s'éternisaient bien après que le soleil se fut couché sur sa « plage des rêves », comme il aimait l'appeler ; ce lieu magique où Simon vivait avec ses rêves dans une vieille cabane de tôle rouillée.

Je ne pouvais m'empêcher de penser à cet être qui m'avait tant appris, loin de la cohue des villes, dans la solitude de son monde secret. Un homme qui m'avait embarqué dans la grande aventure de la découverte de soi. Ce voyage qui conduit au bonheur présent en chacun de nous.

C'est là que ce voyage a commencé pour moi. J'allais avoir quarante ans. Le jour où mes rides ont commencé à s'estomper. Les rides de mon visage, mais aussi celles de mon cœur.

Mais il faut entendre toute l'histoire…

1

« Si je vous montre un verre
rempli à moitié, diriez-vous
qu'il est à moitié plein
ou à moitié vide ? »

C'était le matin. Le soleil naissant tentait de se glisser entre les gratte-ciel. Tandis que je me rendais au bureau à pied, perdu dans mes pensées et encerclé par le vacarme de la ville trépidante, je réfléchissais au conseil d'administration que je devais présider le matin même au siège de Williams Inc., la compagnie financière que j'avais fondée quinze ans plus tôt.

En temps normal, pour me rendre au bureau, je traversais les boulevards qui quadrillent le centre, en m'efforçant d'éviter le brouhaha assourdissant de la première heure de pointe de la journée. C'était le moyen que j'avais fini par trouver pour me protéger de cette réalité qui était la mienne, et j'en avais conscience. Un moyen de défense, une façon de me convaincre moi-même que je ne faisais pas partie de l'univers qui m'entourait. Mais, ce matin-là, je m'arrêtai et consultai ma montre. *J'ai un quart d'heure devant moi.* J'étais en avance, aussi fis-je un détour par le parc. Ce jardin près de mon bureau était le seul espace vert dans cette jungle de béton. Cerné par les gratte-ciel, progressivement empoisonné par les milliers de voitures parcourant chaque jour les rues alentour, ce parc était un hommage à la survie, avec ses fleurs qui ne renonçaient pas à fleurir et ses vieux arbres qui refusaient de dépérir, toujours debout au milieu de ce qui, à peine un siècle auparavant, était encore une belle vallée verdoyante. *Si ces arbres pouvaient parler…*

Je m'assis sur un banc, à quelques centaines de mètres du bureau où, quinze années durant, jour après jour, semaine après semaine, mois après mois, j'avais vécu les meilleurs moments de ma vie.

Enfant déjà, j'étais un acharné du travail. J'avais connu ce qu'on appelle communément une belle réussite. Ma jeunesse avait été heureuse : des amis épatants, une formation de haut niveau, tant au lycée qu'à l'université ; j'avais passé mes examens avec brio – comme en témoignaient les deux diplômes accrochés au mur de mon bureau.

Le lendemain, j'allais avoir quarante ans. Il y aurait une grosse fête, suivie d'une réunion en comité plus restreint, pour les trois ou quatre verres habituels. J'avais travaillé dur toute ma vie, fait de longues journées, en pensant au luxe que je serais un jour en mesure de m'offrir. Et c'était à présent chose faite : je possédais une maison superbe, une voiture de sport dernier cri, ainsi qu'une situation et une sécurité financière que beaucoup m'enviaient. J'étais à l'apogée de ma carrière et tout paraissait possible. J'avais le monde à mes pieds.

Je chérissais cette vie, cette liberté d'acheter et d'agir à ma guise. Pourtant, quelque chose clochait, et il me semblait savoir quoi. Dans cette course permanente d'une réunion à une autre, à gagner contrat sur contrat, dans tous ces déplacements de ville en ville, à dormir dans tant d'hôtels différents que parfois, au réveil, je ne savais plus dans lequel je me trouvais, dans tout cela, il manquait quelque chose. A présent, je comprenais quoi.

J'avais perdu le bonheur.

Je me rappelai combien, enfant, j'aimais passer mes journées à la plage, à surfer sur les vagues et à regarder les mouettes onduler dans le ciel, le soleil couchant à l'horizon et les dauphins gracieux jouer dans l'écume. Ces plaisirs simples qu'offre la vie ne me semblaient plus accessibles. J'avais beau posséder tout ce qu'un homme peut désirer, je n'avais rien.

— Si je vous montre un verre rempli à moitié, diriez-vous qu'il est à moitié plein, ou à moitié vide ?

— Pardon ?

— Je me demande parfois ce qui se passerait si tout le monde voyait son verre à moitié plein.

Ce furent ses premières paroles et elles me prirent au dépourvu.

Puis, l'inconnu me sourit. Jamais je n'avais vu quelqu'un sourire de la sorte. L'espace d'une seconde, une idée me traversa l'esprit : *Il a la réponse aux questions que je me pose.* Cela ne dura qu'un instant.

— On se connaît ? demandai-je.

— Je crois que oui.

Certainement pas, pensai-je. Cet homme était habillé comme un mendiant. Avec sa grande barbe, ses cheveux longs et ses haillons, il me paraissait impossible de le connaître. Cependant, étrangement, il me rappelait quelqu'un que j'avais connu ou dont j'avais entendu parler, un visage familier, mais que je ne parvenais pas à situer.

— Au fait, je m'appelle Simon, me dit-il. Et vous ?

— Williams. John Williams.

— Heureux de vous avoir rencontré par cette belle journée, monsieur Williams.

Tu as perdu la tête ? Qu'est-ce que tu fais, à parler à ce clochard au beau milieu du parc ? Et maintenant, il connaît ton nom ! Dieu seul sait ce qu'il veut…

— Vous vous trompez de personne, lui dis-je en sortant de mon portefeuille un billet de cinq dollars que je lui tendis. Allez vous acheter quelque chose de chaud.

— Non, merci, monsieur Williams. Gardez-le jusqu'à ce que nous nous rencontrions sur la plage des rêves.

— Eh bien, si vous n'en voulez pas…

— Gardez-le jusqu'à ce que nous nous rencontrions sur la plage des rêves, répéta-t-il. C'est tout.

— Bon, comme vous voudrez, lui répondis-je en rangeant le billet dans mon portefeuille.

Je me levai et partis. Et puis soudain, je me mis à courir. Jamais je n'avais couru aussi vite de toute ma vie. Et j'eus de nouveau ce sentiment étrange, qui revenait depuis que j'avais perdu ma place dans ce monde, cette petite voix qui s'insinuait dans mon cerveau et qui me murmurait : *Qu'essaies-tu de fuir, John Williams ?*

2

« Ce qui est bon pour moi
ne l'est pas nécessairement
pour vous. »

Je ne me rappelle pas comment j'arrivai au bureau ce matin-là. Je me retrouvai assis là, à jouer avec mon stylo préféré, le faisant rouler entre mes doigts.

— Monsieur Williams ? Monsieur Williams, tout va bien ?

Je redescendis sur terre.

— Oh, oui, excusez-moi, Sarah. Je n'ai pas entendu ce que vous avez dit.

Je levai les yeux vers la femme assise en face de moi. Oui, c'était Sarah, ma fidèle secrétaire, celle qui avait réussi à me supporter depuis les débuts de Williams Inc. Toujours là, pour le meilleur et pour le pire.

— Ça va, monsieur Williams ? Pendant un instant, j'ai cru que vous étiez ailleurs. Vous aviez l'air très triste et...

— Sarah, avez-vous déjà entendu parler d'un endroit sur la côte appelé la plage des rêves ?

— Euh, non. Et vous, monsieur ?

— Je n'en ai jamais entendu parler, mais je ne sais pas pourquoi, ça me rappelle quelque chose.

— Ça ne me dit rien, monsieur. Pas dans le coin, en tout cas.

— Tant pis, Sarah, merci quand même. Bon, revenons à ce que vous me disiez.

Ma journée au bureau se déroula comme d'habitude, à conclure des « affaires importantes », à débattre d'options de développement et de fusions possibles. Le conseil d'administration eut lieu, ainsi que la réunion des cadres, qui fut plus longue que de coutume.

Il était 21 heures et je me sentais fatigué. *Encore une journée gâchée,* pensai-je. *Il y a forcément autre chose.* C'est alors que je me rappelai le mendiant : « Montrez à quelqu'un un verre rempli à moitié et demandez-lui s'il est à moitié plein ou à moitié vide… »

Ma vie ressemble à un verre à moitié vide.

Je pris ma veste et sortis de mon bureau.

— Encore une longue journée, monsieur Williams. J'espère que vous allez bien vous reposer. Bonne nuit.

— Bonne nuit, Sarah. N'oubliez pas de fermer en partant, s'il vous plaît.

J'étais sur le point de sortir, quand j'hésitai un instant.

— Sarah ?

— Oui, monsieur Williams ?

— Travailler comme nous le faisons, dix à douze heures par jour, année après année, pensez-vous que cela vaille la peine ? Ou bien croyez-vous que c'est la force de l'habitude, que nous ne savons rien faire d'autre ?

— Vous posez des questions bien étranges, aujourd'hui, monsieur Williams.

— Non, je suis sérieux, Sarah. Ne préféreriez-vous pas travailler ailleurs que chez nous ?

Elle me jeta un de ces regards chaleureux et maternels dont elle avait le secret.

— Monsieur Williams, je suis à vos côtés depuis quinze ans et je crois bien vous connaître. J'ai vu quelle énergie vous avez dépensée au fil des années, mais aussi toutes les choses merveilleuses que vous avez accomplies et le respect que chacun vous porte.

Elle m'observa et reprit :

— Je pense que personne à part vous-même ne sera en mesure de dire si ça vaut la peine ou non, monsieur Williams.

Puis, après un instant de réflexion, elle ajouta :

— Est-ce que je préférerais être ailleurs ? Je ne crois pas. J'ai eu une bonne vie, avec ses bons et ses mauvais moments, mais je suis heureuse de travailler pour vous. En un sens, vous me rappelez quelqu'un que j'aime beaucoup. Mais n'oubliez pas que ce qui est bon pour moi ne l'est pas nécessairement pour vous. N'êtes-vous pas de cet avis ?

Je regardai par la fenêtre, en quête d'une réponse.

— Je ne sais pas, Sarah. Je ne sais vraiment plus.

3

« Quoi que l'on fasse,
l'avenir nous rattrape bien assez vite.
Et l'on comprend alors comme il est important
de prendre le temps de vivre,
d'être heureux. »

S'il existe un endroit au monde où je puisse réfléchir posément, en laissant tous mes problèmes derrière moi, c'est bien « la baie ».

C'est le nom que j'avais affectueusement donné à la plage qui s'étirait devant chez moi. La terrasse principale de la maison donnait directement sur une longue étendue de sable fin encadrée par deux falaises, qui séparaient nettement cette plage du reste de la côte. Entre ces falaises, le rivage s'arrondissait en croissant, d'où le nom de « baie ».

Chaque fois que j'en avais la possibilité – c'est-à-dire rarement, ces derniers temps –, je faisais l'aller et retour jusqu'au bout de la plage, en marchant. J'adorais respirer l'air pur, riche de l'odeur prégnante de la mer, et entendre les vagues murmurer à mon oreille.

Cet après-midi-là, deux mouettes glissaient à l'horizon. *Parfois, j'aimerais être comme elles. Elles semblent savoir ce qu'elles font, avoir un but qui les guide . Lorsque je les vois voler, je sais qu'elles sont à leur place. J'aimerais pouvoir en dire autant de moi.*

— C'est un bel après-midi, monsieur Williams, lança une voix. Je suis heureux que vous puissiez profiter de ce fabuleux moment où le soleil rencontre la mer.

Je n'en crus pas mes yeux.

— Simon ?

— Je suis content que vous vous souveniez de moi, monsieur Williams. Je m'inquiétais un peu pour vous. Après notre rencontre dans le parc l'autre jour, je pensais...

— Que faites-vous ici ? m'entendis-je crier.

— La même chose que vous, monsieur. Je profite du moment présent.

Maintenant, il sait où j'habite, pensai-je.

— Je ne vous ai jamais vu sur cette plage auparavant. Que faites-vous dans le coin ?

— J'habite par ici, monsieur Williams, répondit Simon.

Avec des vêtements pareils, impossible. Il fallait que je tente le coup

— Ma maison est là-bas, à trois cents mètres. Où est la vôtre, Simon ?

— Comme je vous l'ai déjà dit, monsieur Williams, j'habite sur la plage des rêves. Ma maison n'est pas grande, mais elle me convient parfaitement.

— C'est votre adresse exacte ? demandai-je.

— C'est un lieu, un endroit que vous connaissez vous aussi, monsieur Williams.

Je croisai son regard. Il prit un air triste et ajouta :

— Vous ne vous en souvenez pas, c'est tout.

— De quoi s'agit-il, Simon ? Il y a une astuce ? Qu'attendez-vous réellement de moi ? Un travail ? De l'argent ? Quoi ?

Son expression changea et il répondit :

— Je veux juste que vous soyez heureux, monsieur Williams. C'est tout.

— Eh bien, si vous voulez que je sois heureux, laissez-moi tranquille. Je ne veux plus vous parler, ni vous revoir.

Sur ces mots, je tournai les talons et repartis chez moi. Je l'entendis dans mon dos m'adresser cette dernière phrase :

— Comme vous l'avez découvert par vous-même, monsieur Williams, quoi que l'on fasse, l'avenir nous rattrape bien assez vite. Et l'on comprend alors comme il est important de prendre le temps de vivre, d'être heureux.

Je me mis à courir, de plus en plus vite, pour lui échapper. Mais, alors que j'atteignais ma maison, une pensée me frappa comme un éclair : était-ce Simon que je fuyais, ou la vérité ?

4

« Rappelez-vous
que votre cœur est libre.
Tout ce qu'il faut, c'est avoir
le courage de le suivre. »

Un après-midi, je me promenais pieds nus le long de la baie, juste à la lisière des vagues, pour profiter du sable frais et humide. C'était ma balade habituelle, pour me vider la tête et jouir de l'air pur, loin du bruit et de la pollution de la ville.

Soudain, quelque chose attira mon attention. Devant moi, à quelques dizaines de mètres, se dressait une petite falaise. Elle ne ressemblait pas à celle qui séparait la baie de la plage suivante. *Je n'ai pas pu marcher si vite,* pensai-je. Je mettais normalement trente minutes à atteindre la falaise sud. Or, j'avais l'impression d'être parti à peine cinq minutes plus tôt. *Ça doit être le soleil.* Je m'approchai afin de m'assurer qu'il s'agissait bien de la falaise que j'avais vue tant de fois. *J'étais tellement absorbé par mes pensées que j'ai dû perdre toute notion du temps.*

Mais plus j'avançais, moins la falaise me paraissait familière. *Elle est trop petite.* Je ne pouvais pas en rester là. Il fallait que je voie ce qu'il y avait de l'autre côté. Je commençai donc à l'escalader. *Il y a quelque chose qui cloche.* Je sentais mon cœur battre de plus en plus vite, l'adrénaline jaillir partout dans mon corps. Je finis par atteindre le sommet. Là, je n'en crus pas mes yeux. Devant moi s'étendait une petite colline, à cent mètres environ de la falaise. Ses flancs en pente douce étaient recouverts d'une herbe grasse et verte, qui descendait jusqu'à la plage, où un sable d'une blancheur immaculée venait se mêler aux éclats d'émeraude de la mer.

— Bienvenue sur ma plage, monsieur Williams, me lança Simon avec ce sourire que je commençais à connaître.

C'était incroyable : au beau milieu de ce paradis terrestre, Simon était tranquillement assis devant une minuscule cabane délabrée.

— C'est vous, Simon ?

— Bienvenue sur la plage des rêves, monsieur Williams. Venez donc vous joindre à moi.

J'obtempérai. Quelques minutes plus tôt, je marchais tranquillement sur le rivage. A présent, je ne savais plus où je me trouvais.

— Simon, où sommes-nous ? demandai-je d'une voix tremblante.

— Eh bien, il me semble que nous sommes sur une magnifique plage entourée de collines verdoyantes.

— Non, Simon, ce que je veux dire, c'est que je n'avais jamais vu cet endroit auparavant. Je me promenais comme d'habitude le long de la baie, quand soudain, j'ai aperçu cette colline que je ne connaissais pas. Et maintenant, je me retrouve sur cette plage que je n'ai jamais vue de ma vie et…

— Vous êtes déjà venu ici, vous pouvez me croire, monsieur Williams. Seulement, c'était il y a très longtemps. Vous ne vous en souvenez pas, voilà tout. Mais la mémoire va vous revenir.

Il me regarda droit dans les yeux.

— Si vous avez eu assez de détermination pour escalader cette falaise et venir voir ce qui se trouvait de l'autre côté, alors la mémoire vous reviendra.

Je me sentais de plus en plus perdu.

— Ce n'est pas drôle, Simon. Je sais que vous aimez les astuces. Je vous ai vu, dans le parc. J'ai vu comment les oiseaux s'approchent de vous, comment les enfants viennent à vous et vous sourient. Mais là, c'en est vraiment trop. J'ai passé une journée éprouvante au bureau et…

— Et vous étiez sur le point de démissionner et vous vous disiez que ce que vous faisiez n'avait aucun sens, qu'il fallait que vous changiez radicalement votre façon de voir la vie ?

— Comment savez-vous tout ça ? C'est encore une de vos astuces ?

— Il n'y a aucune astuce dans cette histoire, monsieur Williams. Seulement, moi aussi, par le passé, j'ai éprouvé exactement la même chose que vous aujourd'hui, j'ai traversé une crise existentielle et je n'avais nulle part où aller.

A présent, je pouvais lire de la tristesse dans son regard.

— Je sais ce que vous ressentez, monsieur Williams. Moi aussi j'ai connu ça.

— Alors, que faites-vous ici ? lui demandai-je.

— Eh bien, il me semble que nous entamons là une conversation très intéressante, dans ce décor des plus paisibles. Joignez-vous à moi, je vous prie, pour déguster un verre de cet excellent porto hors d'âge.

Il me tendit un verre, que j'avalai d'une traite. Je me sentis bien.

— Faites attention, monsieur Williams, m'avertit Simon en riant. Ce porto est venu à bout de quelques buveurs endurcis. De plus, vous ne voudriez quand même pas rater le magnifique coucher de soleil qui se prépare, n'est-ce pas ?

— Le coucher de soleil ?

Je consultai ma montre. Il était seize heures.

— Qu'est-ce que vous voulez dire, Simon ? Le soleil ne se couchera pas avant deux bonnes heures et…

Je dus me taire. A l'horizon, je vis un soleil doré sur le point de se coucher, baigné de couleurs comme peintes sur la toile du ciel : du rose, du rouge et de l'or.

— Encore une astuce, d'après vous ?

Simon me jeta un regard et ajouta :

— Monsieur Williams, aujourd'hui, vous avez franchi le pas le plus difficile pour toute personne qui affiche ce que la société appelle « une belle réussite ».

— Qu'entendez-vous par là ?

— Vous avez compris que vous ne pourriez pas trouver le bonheur en suivant la voie que vous vous êtes tracée. Peu importe combien de contrats vous décrocherez, combien de millions vous engrangerez, ou combien de gens vous respecteront. Au fond, il ne reste que vous et votre cœur ; et c'est ce que vous venez enfin de comprendre.

Il me jeta à nouveau un regard direct.

— Ne vous inquiétez pas, monsieur Williams. Vous n'avez rien à prouver, parce que vous savez qui vous êtes.

— Que voulez-vous dire, Simon ?

— Que toutes ces choses que vous vous êtes achetées pour essayer d'illuminer votre vie ne vous apporteront qu'un sentiment illusoire de sécurité.

J'avais beaucoup de mal à suivre le raisonnement de Simon. Je tentai de le coincer.

— Mais chacun désire posséder des biens matériels, Simon. Il est normal de vouloir améliorer sa situation.

— Je ne vois rien de mal à ça, monsieur Williams. Cependant, il est nécessaire de comprendre que désir et besoin sont deux choses différentes.

Il reprit une gorgée de porto.

— Nous sommes tellement conditionnés pour réussir que nous avons fait du bonheur une de ces choses qu'il nous faut absolument posséder. Alors, nous poursuivons ce bonheur et nous l'assimilons finalement à la richesse et à la réussite, sans voir que les personnes qui possèdent déjà richesse et réussite ne sont pas nécessairement heureuses. Au fil des ans, monsieur Williams, j'ai vu beaucoup de gens commettre cette même erreur : « Dès que j'aurai ceci, je m'arrêterai », « dès que j'aurai cela, je m'arrêterai. C'est tout ce qui me manque », disent-ils. Mais une fois qu'ils ont atteint leur but, ils aperçoivent autre chose, qu'ils veulent aussi. Dès qu'ils parviennent au sommet d'une montagne, ils en aperçoivent une autre derrière, plus haute, plus verdoyante, plus lointaine et, celle-là aussi, il faut qu'ils l'escaladent. C'est ce qu'on appelle la cupidité, monsieur Williams. C'est sans fin. Et quand soudain on comprend ce qu'on a fait de sa vie, il est généralement trop tard pour se remettre en quête de ce qu'on veut vraiment. Souvenez-vous qu'on ne vit qu'une fois, monsieur Williams. Mourir n'est pas un péché, mais ne pas vivre sa vie au maximum en est un, je crois.

Il marqua une pause, puis reprit :

— La seule leçon, c'est d'apprendre à distinguer ce qui enrichit notre vie de ce qui ne nous apporte qu'une impression éphémère de réussite et d'importance. Car, tôt ou tard, on découvre que le prix à payer pour ces choses-là est beaucoup plus élevé que le bonheur qu'on en tire.

Soudain, l'expression de Simon changea et il sourit.

— Rappelez-vous que votre cœur est libre. Tout ce qu'il faut, c'est avoir le courage de le suivre.

— Et comment faire ?

— J'ai une méthode très simple et qui marche à tous les coups. Il vous suffit de trouver un endroit paisible, que vous aimez ; et, avant d'acheter quoi que ce soit, demandez-vous ce que vous allez en faire. Le désir de posséder cette chose provient-il de votre cœur, ou bien de l'excellente stratégie marketing de la personne qui essaie de vous la vendre ? Seriez-vous plus heureux avec cette chose, ou bien viendrait-elle seulement combler pour un temps un vide dans votre cœur ? Le mot clé, ici, c'est le *bonheur.*

— C'est facile à dire pour vous, répliquai-je, agacé. Vous avez probablement toujours vécu dans votre cabane et vous n'avez pas les moyens de vous offrir mieux.

— Je vous trouve rapide à juger quelqu'un que vous venez tout juste de rencontrer, monsieur Williams. Jetez un œil autour de vous. Que voyez-vous ?

Je regardai autour de moi, tâchant de deviner la réponse qu'il attendait de moi.

— Je vois une cabane au milieu d'une plage déserte.

— Très bien, monsieur Williams. A présent, regardez mieux.

Je tentai à nouveau de comprendre son raisonnement.

— Je vois une plage déserte avec une cabane.

Il me regarda et sourit.

— Vous savez ce que, moi, je vois, monsieur Williams ?

— Que voyez-vous, Simon ?

— Je vois une plage peuplée de rêves et un endroit où me reposer le soir. Depuis mon enfance, c'est ce que je cherchais. Un lieu où je puisse être en paix avec mon vrai moi. Pendant longtemps, j'ai cherché mon chemin et puis j'ai découvert cet endroit. Croyez-moi, monsieur Williams, je n'ai jamais regardé en arrière. Ici, je me suis retrouvé. J'ai recommencé à être heureux.

— Mais de quoi vivez-vous, comment…

— J'ai un revenu modeste qui suffit largement à mes besoins. Ça vous paraîtra peut-être contradictoire, mais chaque fois que l'on se débarrasse d'une chose dont on n'a pas besoin, une place se libère dans l'esprit pour une pensée. L'une des raisons pour lesquelles nous autres humains nous égarons tellement dans ce monde, c'est que nous passons trop de temps à nous demander comment garder tous les biens matériels que nous accumulons autour de nous. Si l'on ne possède pas ces biens au départ, monsieur Williams, eh bien ! on ne se soucie pas de tout ça, ce qui nous laisse du temps. Du temps pour réfléchir aux choses importantes de la vie, du temps pour être heureux, du temps pour apprécier ce que l'on est et la vie que l'on mène.

— Simon, ce que vous me racontez là est totalement utopique. Le monde réel ne fonctionne pas comme vous le dites. Il faut se battre pour obtenir ce que l'on veut. Parfois, c'est la jungle, ici-bas. Tout n'est que concurrence, jalousie et avidité.

Il se mit à contempler l'océan, comme s'il se rappelait quelque chose.

— Avant, je pensais comme vous, monsieur Williams. Et puis, un jour, j'ai compris que j'avais le choix. Ou bien je continuais à me battre pour conserver ma place dans cette « jungle » dont vous parlez, ou bien je m'en allais.

Il resta un moment à réfléchir en silence.

— En général, on nous apprend qu'il n'y a qu'une seule alternative, dans la vie, monsieur Williams : se battre comme un forcené pour atteindre le sommet et être le meilleur, ou bien rejoindre la foule des « perdants », ceux qui n'intéressent personne.

Il fit une nouvelle pause, le regard sur l'horizon gagné par la pénombre.

— Mais il existe une troisième option, monsieur Williams. Vous pouvez sortir du cercle vicieux et vous efforcer de devenir la personne que vous voulez être. Rien ne vous oblige à suivre leurs règles. Ces gens ont besoin de vous. Mais vous n'avez pas besoin d'eux.

Les paroles de Simon me prirent au dépourvu. J'aurais pu discuter, lui donner dix exemples pour lui prouver qu'il avait tort, mais j'en fus incapable. Il ne s'agissait pas d'un conseil d'administration, où l'on débat des décisions à prendre, où il faut avancer des arguments. Avec Simon, il n'y avait ni discussion ni arguments à mettre sur la table.

Ce Simon, comme il se faisait appeler, vivait conformément à ses idées. Cette réalité me mettait mal à l'aise car je savais, au fond de mon cœur, qu'avec sa cabane sur cette petite plage superbe, sans aucune autre possession que son excellent porto, cet homme connaissait le bonheur.

— Est-ce vraiment aussi simple, Simon ? Je veux dire, être heureux, vivre en paix avec soi-même ?

— Ça n'a rien de facile, monsieur Williams, mais tout le monde peut y parvenir. Il faut juste s'assurer qu'on le fait pour une bonne raison : pour soi-même.

Nous avons parlé toute la nuit et j'ai finalement compris que cette personne, que j'avais jugée si hâtivement, était en fait un homme sage et bon qui vivait en accord avec ses principes. Cela faisait longtemps que je n'avais pas eu de conversation importante sans dire un seul mot de mon travail. Cet échange avec Simon nous amena à considérer des questions essentielles, sur ce que nous sommes et sur la vie en général. La vie avec sa complexité, ses défis et ses espoirs. Seul le soleil levant parvint à me distraire de ces instants magiques et édifiants.

— Il faut que j'aille travailler, Simon. Je n'en ai aucune envie, mais je dois y aller. Mes employés m'attendent pour une réunion.

— Je sais, monsieur Williams. Merci d'être venu. J'espère que vous pourrez me rendre visite à nouveau.

— Vous pouvez y compter, Simon. Cette nuit blanche m'a fait plus de bien que toutes celles où je n'ai dormi que grâce à des cachets. Je me sens en pleine forme !

— C'est bien, monsieur Williams. J'en suis très content.

— Je reviendrai, Simon.

— Dans ce cas, ce n'est qu'un au revoir, monsieur Williams.

Alors que je partais, quelque chose me retint.

— Simon ?

— Oui, monsieur Williams ?

— Au sujet de ce billet de cinq dollars, celui que j'ai voulu vous donner dans le parc, je suis désolé. Je vous ai jugé de façon injuste, mais cela n'arrivera plus.

— Je ne vous en veux pas, monsieur Williams. Si vous saviez tout ce que les gens ont pu me dire, ou me faire subir, uniquement à cause de la façon dont je m'habille ! Mais ces critiques me laissent indifférent, elles font partie de l'épreuve. Nous avons tellement l'habitude de juger les autres sur leur apparence, alors que nous devrions essayer de découvrir l'âme véritable qui habite chacun de nous…

— Merci, Simon.

— Non, merci à vous, monsieur Williams.

Je me dirigeai vers la falaise, sans me retourner. Pourtant, je savais bien que c'était lui qui s'adressait directement à mon cœur :

Rappelez-vous que votre cœur est libre. Tout ce qu'il faut, c'est avoir le courage de le suivre.

5

« Le bonheur, comme la vertu,
se trouve dans le cœur
et nulle part ailleurs. »

« Au nom du ciel, monsieur Williams ! s'exclama Sarah. Mais que vous est-il arrivé ?

— Comment, Sarah ? répondis-je sans comprendre de quoi elle parlait.

— Vous êtes allé dans un salon de beauté ?

— Pardon ? Pourquoi dites-vous ça ?

— A cause de vos rides, monsieur Williams. Elles ont disparu. Je pourrais jurer que vous avez des rides sous les yeux depuis environ dix ans. Et elles se sont estompées !

Elle avait l'air troublée.

— Sarah, mettons tout de suite les choses au clair. Premièrement, je ne suis pas allé dans un de ces instituts de beauté. Je ne me suis même pas rasé ce matin. Ensuite, en ce qui concerne mes rides, peut-être suis-je tout simplement en train d'apprendre à maîtriser mon angoisse et à assumer mes problèmes.

— Appelez ça comme vous voudrez, monsieur Williams, mais quoi que vous fassiez, gardez le cap !

Je vis son beau sourire, semblable à celui d'une mère fière de son fils.

— Merci, Sarah. Maintenant, vous voulez bien m'apporter le courrier, s'il vous plaît ?

Ma journée de travail fut joyeuse. Je ne ressentis pas le poids de mes responsabilités ou des réunions à présider. Je fis les choses sans y penser. Pour la première fois depuis des mois, mon travail prenait un sens et je m'en réjouissais.

Il y avait dans la société un jeune cadre nommé Ross MacAlister, que j'observais depuis un certain temps. Il possédait cette énergie que je connaissais si bien. Ce n'était pas le jeune loup typique, plein de rêves, dévoré d'ambition, jouant des coudes pour se faire une place dans ce monde où l'argent et le prestige permettent de s'acheter un nom et le respect des autres.

Ce Ross MacAlister était différent. J'avais perçu en lui une vertu que l'on rencontre rarement dans le monde des affaires : il jouait franc jeu. Il était certes ambitieux, mais je ne l'imaginais pas en train de manipuler ou de tromper les gens pour arriver à ses fins.

J'appuyai sur l'interphone.

— Sarah ?

— Oui, monsieur Williams ?

— Pourriez-vous faire venir M. MacAlister dans mon bureau, je vous prie ?

— Tout de suite, monsieur Williams.

En attendant, j'allai me préparer un café. On frappa bientôt à la porte.

— C'est ouvert.

— Vous avez demandé à me voir, monsieur Williams ?

— Oui, Ross. Entrez et asseyez-vous. Vous voulez un café ?

— Non merci, monsieur Williams.

J'allai droit au but :

— Ross, comme vous le savez, nous avons un conseil d'administration, cet après-midi.

— Oui, monsieur.

— Et vous savez également que nous devons y discuter de choix importants pour l'avenir de la société.

— Oui, monsieur. J'ai réuni toutes les informations que vous m'aviez demandées.

— Cela tombe très bien, Ross, car je veux que vous présidiez cette réunion à ma place.

Il en tomba presque de son siège.

— Pardon, monsieur ?

— Vous m'avez bien compris, Ross. Je prends mon après-midi. J'ai des questions importantes à régler et je crois vraiment que vous êtes la personne toute désignée pour me représenter lors de cette réunion. Vous connaissez la société presque aussi bien que moi et je sais que vous vous impliquez autant que s'il s'agissait de la vôtre. Je vous appellerai en fin d'après-midi pour savoir comment s'est passée la réunion .

Je me levai, signifiant la fin de l'entrevue.

— Merci d'être venu, Ross.

— Non, merci à vous, monsieur Williams. Je vous ferai un compte rendu très précis.

— J'en suis sûr, Ross.

Pour le moins troublé, le jeune homme quitta mon bureau en refermant doucement la porte derrière lui.

— Sarah ?

— Oui, monsieur Williams ?

— Veuillez informer le conseil d'administration que c'est Ross MacAlister qui présidera la réunion de cet après-midi.

— Et vous, monsieur ?

— Je prends le reste de la journée, Sarah. J'ai des affaires à régler. Je prends le temps de vivre.

J'attendis le début de soirée pour aller me promener. J'avais déjà eu Ross MacAlister au téléphone et, comme prévu, la réunion s'était bien passée.

Ce jeune homme a les épaules solides, pensai-je.

J'éteignis tout dans la maison, verrouillai la porte et partis en direction de la plage.

Encore une belle soirée. Comment ai-je pu laisser le travail m'empêcher de profiter de soirées telles que celle-ci ?

J'avais envie de retourner voir Simon. J'avais pensé à lui toute la journée et, plus je pensais à lui, plus les souvenirs de mon passé remontaient. Des souvenirs que j'avais presque oubliés. Il y avait tant de choses dont j'avais envie de parler avec lui, tant de questions que je désirais lui poser.

Je poursuivis mon chemin, sans trouver traces de ce lieu magique que j'avais découvert la veille.

Comment puis-je entrer en contact avec vous, Simon ?

Je me mis à réfléchir. Et, soudain, j'eus une illumination. « Rappelez-vous que votre cœur est libre », m'avait dit Simon. « Tout ce qu'il faut, c'est avoir le courage de le suivre. »

C'est alors que je compris.

Il faut que je me remette à croire. Il faut que j'admette que la magie peut se produire.

Je relevai la tête et ne pus m'empêcher de sourire. Devant moi se dressait cette falaise qui m'avait paru si étrange la première fois et qui n'attendait plus que moi.

— Monsieur Williams ! Je suis tellement heureux de vous voir.

— Moi aussi, je suis heureux de vous voir, Simon.

Je l'observai. Cet homme avait quelque chose de spécial. Sa compagnie était enrichissante. Il savait où il allait. Je le sentais.

— Qu'est-ce qui vous amène ici, monsieur Williams ?

— Oh, rien de particulier. J'ai simplement pris mon après-midi et j'ai eu envie d'une petite conversation autour d'un verre de bon porto.

— Alors ne cherchez plus, vous avez trouvé votre homme. Je vais prendre des verres.

Il entra dans sa cabane et en ressortit avec deux verres remplis de son porto à la robe vermeille. Il m'en tendit un.

— A votre nouvelle vie qui commence, dit-il en levant son verre bien haut.

— Au bonheur, répondis-je.

Ce soir-là, nous bûmes notre porto en vieux amis, tout en discutant de sujets que je n'avais plus évoqués depuis ma jeunesse. Simon parla des miracles qui se produisent sans arrêt, des rêves et des espoirs que l'on oublie trop facilement. Il me rappela que l'on peut se perdre dans ce monde sans même s'en rendre compte, mais aussi que certaines expériences transforment une vie à tout jamais.

— Puisque nous abordons ce sujet, Simon, je me rappelle deux moments qui ont joué un rôle critique dans ma perte du langage du bonheur. Le premier va sans doute vous faire rire.

— On ne devrait jamais rire de ce qui est important dans le cœur d'autrui.

— Eh bien, vous voyez, Simon, le premier tournant dans ma vie s'est produit le jour où j'ai appris que le père Noël n'existait pas. Enfant, j'ai passé un nombre d'heures incalculable à essayer de piéger le père Noël alors qu'il descendait par la cheminée. Mais je finissais toujours par tomber de sommeil et, quand je me réveillais, tous mes cadeaux m'attendaient sous le sapin. Jusqu'au jour où, sans que mes parents le sachent, j'ai bu trois tasses de café noir. Je n'ai pas fermé l'œil la nuit suivante. Je suis allé me coucher comme d'habitude et j'ai fait semblant de dormir. Puis j'ai entendu du bruit au rez-de-chaussée. Je me suis alors approché des escaliers, pensant que, cette fois, j'allais coincer le père Noël la main dans le sac. Et là, je n'ai vu que mon père, en train de placer sous le sapin mes cadeaux et ceux de mon frère. J'étais anéanti. Si le père Noël n'existait pas, combien d'autres histoires les adultes avaient-ils encore inventées ?

— Je comprends votre tristesse, monsieur Williams. Vous avez dû beaucoup souffrir.

— En effet, répondis-je, les larmes aux yeux. Tout à coup, mon univers s'écroulait. Progressivement, je me suis détourné des choses que je ne pouvais pas voir, que je ne pouvais pas prouver. Je me suis juré que plus personne ne me raconterait jamais de mensonges.

— Et le deuxième tournant, monsieur Williams ?

— Le jour où ma mère a quitté ce monde. Bien sûr, j'avais entendu des histoires d'accident de voiture, de guerre, de fusillades même. Je savais que, dans les hôpitaux, des gens mouraient. J'avais aussi de vagues souvenirs de l'enterrement de mon grand-père, mais je n'avais jamais vu la mort de près. Ma mère est morte dans mes bras et, pour la première fois de ma vie, j'ai compris que les gens meurent pour de bon. Qu'au moins, ils quittent leur corps. C'est ce que j'ai ressenti. Et puis, toutes les nuits, je l'ai suppliée de revenir auprès de moi, même pour un instant. Elle ne l'a jamais fait.

— Il me semble que vous êtes trop dur avec elle. Est-ce qu'elle vous est apparue en rêve ?

— Eh bien, je crois, mais je ne pourrais pas le prouver.

— Le fait que vous ne puissiez pas le prouver n'implique pas que ce soit faux. Sur cette plage, pendant la journée, vous sentez le soleil vous réchauffer la peau. Vous ne voyez pas ses rayons, mais comme vous sentez sa chaleur, vous n'avez pas besoin de les voir pour savoir qu'il existe vraiment.

— Vous faites un parallèle avec une personne qui nous apparaîtrait en rêve, Simon ?

— Exactement. Dans le monde des rêves, on peut voir et sentir les gens. Le fait qu'on ne les voie plus au réveil ne veut pas dire qu'ils n'étaient pas là, ou qu'ils ne sont pas réels. Notre corps est ainsi fait que nous ne pouvons communiquer avec ceux qui nous ont quittés que d'une certaine façon et en certaines occasions. Par exemple, vous est-il arrivé de voir en rêve quelqu'un que vous ne connaissez pas, ou bien que vous ne reconnaissez pas ?

— Maintenant que vous m'en parlez, oui, plusieurs fois.

— Alors, le fait que vous n'ayez jamais rencontré ces personnes dans cette vie reviendrait à dire qu'elles ne signifient rien pour vous ? Ni dans le passé, ni dans l'avenir ?

Simon se mit à contempler la mer.

— Depuis toujours, l'homme cherche désespérément des réponses qui pourraient donner un sens à sa vie, comme une raison de vivre. Alors Jésus, Mahomet, Bouddha et d'autres sont venus sur terre pour nous enseigner que la vie ne prend pas fin avec la mort. Que nous devons nous efforcer de suivre cette règle toute simple : être heureux en s'aimant et en se respectant les uns les autres.

Sa voix prit soudain des intonations tristes.

— Voyez ce que certains ont fait aux religions et à la foi des hommes. Le fait que ces messies soient nés dans des lieux différents a donné à chaque peuple la conviction qu'il était spécial, parce que l'Élu était né dans son sein. Et, pour cette raison, ils se battent depuis la nuit des temps, monsieur Williams. A chaque combat, ils justifient leur cruauté et leur cause au nom de Dieu.

Il marqua une pause, qui permit à ses paroles de pénétrer mon esprit.

— Je vais vous raconter une anecdote, monsieur Williams. Il y a quelque temps, je parcourais la péninsule Ibérique, l'autre nom de l'Espagne, ce pays qui fut envahi par tant de peuples différents, au cours de ce que nous autres Occidentaux appelons les Croisades. A l'époque, ils parlaient de guerre sainte. Toujours est-il que j'observais une magnifique cathédrale chrétienne, que l'on restaurait pour lui rendre sa splendeur originelle. Sur le côté de l'édifice, j'ai vu des hommes en train d'exhumer ce qui ressemblait aux fondations d'une cité très ancienne. J'ai demandé à un passant de quoi il s'agissait. L'homme m'a répondu : « C'est ce qui reste de l'ancienne cité maure. Du temps où ces barbares venus du Sud ont envahi nos terres et massacré notre peuple. » « Et qu'est-il arrivé à l'église ? », ai-je demandé. « Ah, ça, c'est une autre histoire », a-t-il répliqué, plein de fierté. « Quand les Maures ont envahi le pays, avant de partir, les Croisés ont recouvert de boue la statue de la Vierge puis l'ont cachée. Cinq siècles ont passé, sans que personne sache où se trouvait cette statue. Jusqu'au jour où un morceau de boue séchée est soudain tombé de l'un des murs de l'église, découvrant la statue, intacte et offerte à l'admiration de chacun. « *Un milagro* », conclut-il en se signant.

— Et que veut dire « *un milagro* » ? demandai-je à Simon.

— C'est un miracle, en espagnol. L'homme était persuadé que la boue tombant du mur et l'apparition soudaine de la Vierge étaient un signal, une manifestation surnaturelle. Un miracle. Plusieurs jours après, j'ai quitté la patrie de la corrida et du xérès et j'ai traversé le détroit de Gibraltar, pour gagner le Maroc. J'ai eu l'impression d'entrer dans un autre monde. C'est incroyable comme une simple bande d'eau peut séparer deux mondes aussi différents. Je suis arrivé dans la ville portuaire de Tanger. Les gens portaient de longues robes, l'alcool était prohibé et on ne voyait presque pas de femmes dans les rues le soir. Il faut ajouter que j'arrivais en plein ramadan, ce mois pendant lequel les musulmans n'ont le droit ni de manger ni de boire, du lever au coucher du soleil. Rien ne doit entrer en contact avec leur bouche de toute la journée, afin que leur corps se purifie. A la fin du mois, ils font une gigantesque fête dans tout le royaume.

— Je vois que vous avez roulé votre bosse, Simon.

— Le voyage est un bon moyen de voir le monde tel qu'il est et non pas tel que les gens veulent vous le montrer. On se comporte alors en observateur objectif, qui peut tirer des conclusions de ce qu'il voit, sans se laisser influencer par ses sentiments. C'est comme...

Simon hésita.

— Allez-y, je vous en prie.

Il me regarda en souriant.

— Très bien, monsieur Williams. A mon arrivée dans ce pays étrange, je me suis rendu à pied jusqu'à la médina. C'est ainsi que les Marocains appellent le vieux centre de la ville, autrefois délimité par des murs. Les rues embaumaient les herbes et les épices exotiques, et les prières montant des mosquées emplissaient le ciel. Je prenais un café en étudiant une vieille carte du pays, lorsque la cité ancienne de Meknès attira mon attention. J'ai senti qu'il fallait que j'aille là-bas, que j'y verrais quelque chose d'important. J'ai donc pris, dès le lendemain, un billet de train pour la cité impériale. La ville elle-même ressemblait à Tanger, à cette différence près que s'y dressait un gigantesque palais construit au XVIe siècle par le sultan Moulay Ismaïl. Le palais m'intriguait, aussi je suis allé le visiter. En effet, ce palais est le plus grand du monde. C'est un édifice colossal, bâti pour contenter l'ego d'un monarque. Il est entouré de jardins splendides, cultivés en plein milieu du désert. On raconte que le sultan avait plus de deux mille femmes et huit mille enfants. Pour protéger son édifice, il avait fait ériger vingt-quatre kilomètres de remparts et des cachots, pour loger ses quarante mille esclaves chrétiens.

Simon s'arrêta un instant.

— J'étais sur le point de quitter les lieux, lorsque j'ai aperçu un chantier d'exhumation. Je me suis approché des ouvriers et je me suis renseigné auprès de l'un d'eux. « On a fait une grande découverte, hier, m'apprit-il. Une nouvelle chambre du palais d'Ismaïl a été retrouvée. Elle est intacte ! Allah est grand… » « Et ces tunnels, qu'est-ce que c'est ? », ai-je demandé ensuite. « Oh, ça, rien du tout. On s'en servait pour amener les barbares du Nord, ces infidèles venus des quatre coins du royaume pour bâtir le palais de notre roi. » « Combien mesurent-ils ? » « Personne ne le sait vraiment. Sans doute plusieurs centaines de kilomètres. » « Et que sont devenus les esclaves, quand le palais a été achevé ? » « La plupart sont morts de faim. C'étaient des ennemis d'Allah, des infidèles… »

Simon retomba dans le silence et dans la contemplation de ce magnifique ciel étoilé, goûtant l'un de ces moments bénis que je commençais moi aussi à apprécier.

— Vous voyez, monsieur Williams, l'Espagnol comme le musulman étaient certains d'avoir raison. Leurs aînés leur ont toujours enseigné que leur dieu était le seul Dieu véritable, alors qu'en réalité ils lui avaient juste donné un autre nom.

— Qu'êtes-vous en train d'essayer de me dire, Simon ?

— Que la réponse aux questions sur le bonheur n'est pas claire dans notre esprit, parce que nous avons été conditionnés pour obéir à certaines règles, accepter des vérités sans les contester, alors que ces règles ne conviennent peut-être pas à tout le monde.

— Comme le jour où j'ai découvert que le père Noël n'existait pas.

Simon planta son regard dans le mien.

— L'humanité a reçu le don du langage pour lui permettre de communiquer, monsieur Williams, non pas pour engendrer la confusion. Imaginez comme tout aurait été plus facile si, au lieu d'entendre toujours ces mêmes vieilles histoires qui divisent les peuples de ce monde, on avait appris à parler le langage du cœur, puisque nous recherchons tous les mêmes réponses.

Simon se tut, comme s'il avait achevé ce qu'il souhaitait dire. Je ne pouvais dissimuler l'admiration que je sentais monter en moi pour cet homme que j'avais jugé si injustement auparavant.

— A présent, je suis fatigué, monsieur Williams. Je vous serais très reconnaissant si vous me laissiez me reposer.

— Puis-je revenir vous voir demain ?

Je sentis dans ma voix comme une supplication.

— Vous serez toujours le bienvenu, monsieur Williams. Aussi longtemps que vous garderez votre cœur ouvert aux vérités de ce monde.

— Merci, Simon.

— Ne me remerciez pas, monsieur Williams. Ce qui vous arrive en ce moment, vous ne le devez qu'à vous-même. Le bonheur, comme la vertu, se trouve dans le cœur et nulle part ailleurs.

6

« Additionnez tous vos petits
instants de bonheur. Vous verrez
qu'il n'est nul besoin de courir après…
Le bonheur est là, auprès de nous,
qui nous attend. »

Tous ces moments partagés avec Simon commençaient à avoir sur moi des répercussions positives. Même si j'ignorais où allait me conduire cette aventure merveilleuse, je savais que j'avais fait le bon choix, et que je ne devais pas douter de ce choix. Je ne parlai à personne de la plage des rêves, ni à ma famille ni à mes employés de Williams Inc. Je craignais de rompre le charme, et quelque chose en moi me disait que je devais saisir cette chance de retrouver le bonheur qui irradiait autrefois mon cœur.

Il s'était écoulé presque une semaine depuis ma première conversation avec Simon. Je m'inquiétais un peu pour lui, il se disait très fatigué et je ne savais pas bien quoi en penser.

Je lui rendrai visite plus tard, me dis-je.

Avant de me doucher, j'allai chercher des vêtements propres dans ma chambre. La journée s'annonçait radieuse, le temps idéal pour une baignade sous le soleil, loin de tout. Je choisis un bermuda. La chemise que je voulais se trouvait en haut de la pile, trop haut pour moi. Je pris appui sur le bord du dernier tiroir, pour essayer de l'atteindre. Je sentis soudain le tiroir basculer sous mes pieds.

— Bon sang !

Non seulement je m'étais fait mal à la cheville, mais en plus il faudrait réparer le tiroir. C'est alors que je remarquai ce qui était tombé du tiroir brisé. L'album photo de mon enfance. Je l'avais oublié. J'avais peur de l'ouvrir, peur des émotions enfouies qui allaient resurgir et venir m'attrister.

Ma curiosité l'emporta sur mes craintes. Je ramassai l'album et m'installai sur la terrasse, que les rayons du soleil matinal commençaient à réchauffer.

J'ouvris l'album avec précaution. Sur la première page, il était écrit : « Vers 4 h 30 ce matin, Mme Rose Williams a donné naissance à un petit garçon d'environ trois kilos, mesurant… » D'accord, c'était bien moi. C'est ainsi que j'avais fait mon entrée dans ce monde inconnu et que je m'étais retrouvé avec ma photo dans les journaux, la première d'une longue série. Une minuscule empreinte de pied ornait fièrement mon certificat de naissance : ma première « signature ».

Je tournai la page. Il y avait une photo jaunissante de moi, aux anges, quelque trente ans plus tôt. Je souriais, entouré de mes parents, me sentant en sécurité avec eux, sachant que tout irait bien. Et leur souvenir me revint. *C'est drôle*, pensai-je. La mélancolie vous tombe dessus sans prévenir. Elle frappe au moment où on s'y attend le moins. Je sus tout de suite de quoi il s'agissait, à cause de ce « syndrome de la boule dans la gorge », comme je l'appelle. On veut parler, mais on n'y arrive pas. On veut pleurer, mais les larmes ne viennent pas. On veut rire : impossible. On reste suspendu entre joie et tristesse, comme si le cerveau ne savait pas comment réagir lorsque la nostalgie apparaît.

Je n'avais plus ouvert cet album depuis des années. J'en tournai lentement les pages, revivant ainsi chaque souvenir. Toutes ces émotions confuses commencèrent à me miner. *Mieux vaut le fermer avant qu'il soit trop tard,* pensai-je. C'est alors que j'entendis frapper à la porte. Je recevais en général peu de visites, étant assez loin de la ville. Qui cela pouvait-il être, si tôt le matin ? Je me levai et allai à la fenêtre, pour voir qui avait frappé.

— Monsieur Williams, j'espère que je ne vous dérange pas.

— Simon ! Quelle bonne surprise ! Je viens vous ouvrir.

Mon cœur battait à tout rompre. Comment savait-il où j'habitais ? M'avait-il espionné ?

Il est temps que tu te remettes à faire confiance, me dit une petite voix intérieure.

J'ouvris la porte.

— Bienvenue, Simon.

— Merci, monsieur Williams. J'ai un peu honte de vous rendre visite dans cette tenue. Je ne fais pas honneur à votre belle maison.

Simon avait fière allure. Il s'était coupé les cheveux et taillé la barbe et portait un costume dont on aurait dit qu'il l'avait gardé dans un placard pendant des années. Pourtant, la classe perçait sous les hardes. Cet homme respirait la sagesse et la dignité.

— J'espère que vous ne m'en voudrez pas d'avoir apporté une bouteille de porto Ruby, juste au cas où nous aurions une de nos fameuses discussions.

— Vous avez très bien fait. Votre porto moelleux encourage toujours la conversation.

Je lui pris la bouteille et me dirigeai vers la cuisine pour nous servir à boire.

Il saisit son verre en me remerciant et se rendit sur la terrasse.

— Vous avez une vue magnifique, monsieur Williams, me dit-il avec un soupir.

— Merci, Simon. J'ai conçu cette maison pour que l'on voie et que l'on entende l'océan depuis chaque pièce.

— Voilà qui est judicieusement pensé.

Il était sur le point d'ajouter quelque chose, lorsque l'album photo retint son attention.

— C'est à vous ?

— Oh, cet album ? Oui, c'est le mien. De vieilles photos de mon enfance et…

— Je pourrais le voir ?

— Eh bien, si vous y tenez. J'allais le ranger dans le placard.

— Pourquoi, vous l'avez déjà feuilleté ?

— Disons que j'ai commencé et que…

Soudain, l'évidence me frappa. Simon n'était pas venu à cette heure-ci par hasard.

— Plus je vous connais, Simon, plus vous me surprenez. Et, vous savez exactement quand apparaître.

— Ce sont des choses que l'on récolte au cours de ce voyage qu'on appelle la vie. S'il vous plaît, ce serait pour moi un honneur de voir vos photos de famille.

Nous nous assîmes sur la terrasse. J'ouvris lentement l'album et tombai sur une photo pleine page de mon frère et moi au carnaval de l'école.

— C'est vous, dans ce costume de dauphin, monsieur Williams ?

— Oui, Simon.

— Excellent choix, monsieur Williams. Le dauphin est une créature splendide. Forte et pourtant délicate. Sage et joueuse à la fois.

— Petit, je rêvais de me transformer un jour en dauphin, pour parcourir les mers.

— Et plus maintenant ?

— J'aimerais pouvoir dire que si, mais vous savez bien que ce serait un mensonge. Dieu sait pourquoi, j'ai perdu ce rêve en chemin.

— Comme c'est triste, toutes ces pensées merveilleuses qui disparaissent dans la vie de tous les jours et qu'on ne peut ni retrouver, ni se rappeler.

Son visage s'illumina soudain d'un sourire radieux.

— Mais se rappeler, c'est ce que nous faisons en ce moment, monsieur Williams ! En évoquant votre enfance, nous avons franchi le premier pas, le plus difficile. Vous venez de découvrir un instrument que vous avez toujours porté dans votre cœur ; grâce à cela, vous vous souvenez du bonheur des années bénies de votre enfance.

Il avait raison. J'avais beau m'être endurci, malgré moi, j'essayais progressivement de me rappeler, de retrouver mon sourire.

Nous parlâmes de mon enfance, de la sienne aussi, ce qui nous permit de découvrir combien nous avions partagé de pensées et de rêves, autrefois. En moins de trois heures, nous avions construit des châteaux de sable et combattu des dragons cracheurs de feu, puis nous étions devenus des dauphins nageant parmi les baleines et les marsouins.

— Nos conversations me font le plus grand bien, Simon. Je crois que je commence à comprendre ce que vous disiez, au sujet de ce qui compte vraiment dans la vie.

— Monsieur Williams, il faut savoir apprécier les choses simples. S'attacher seulement aux choses « importantes » n'a aucun intérêt. Il faut percevoir la beauté qui réside dans la simplicité. Ainsi, nous avons le sentiment d'être quelqu'un de spécial, quelqu'un d'heureux. Benjamin Franklin disait que la félicité tient moins à ces coups de chance qui n'arrivent presque jamais qu'aux petits avantages que l'on rencontre chaque jour.

Après une pause, Simon reprit :

— Faire le bien sans que les autres s'en aperçoivent est l'autre point capital. C'est le meilleur moyen de se prouver à soi-même que ses bonnes actions, on les fait pour sa propre satisfaction, non pour s'attirer l'admiration d'autrui. Beaucoup se plaignent de leur sort, sans voir les milliers d'occasions qu'ils ont chaque jour d'être meilleurs et plus heureux. Parce qu'ils ne savent pas qu'ils ont le choix, qu'ils peuvent toujours décider de vivre autrement. Par peur du qu'en-dira-t-on, les gens n'osent pas faire de choix personnels. Il est possible de vivre mieux, monsieur Williams. Le secret, c'est de bien choisir sa vie.

— Mais, Simon, il y a pourtant des contraintes, si l'on veut arriver à quelque chose.

— Exactement, monsieur Williams. C'est là que je veux en venir. Rien ne sert de repousser l'échéance, si l'on doit passer par certaines expériences pour apprendre, tôt ou tard on les traversera. Mais je ne parle pas de ça. Je parle de ce que nous pensons devoir faire, parce que c'est ce qu'on nous a appris. On s'épuise à essayer, en vain bien sûr, car tel n'est pas notre destin. C'est comme tenter de marcher sur l'eau.

Pourquoi ne le fait-on pas ? Parce que l'on *sait* qu'on va couler. Voilà le mot clé : *savoir*. Malheureusement, beaucoup de nos connaissances originelles sont effacées par les règles qu'il nous a fallu apprendre. Nous naissons comme toutes les autres créatures, c'est-à-dire dotés d'instinct ; mais nous sommes tellement persuadés de notre supériorité que nous nous remplissons la tête de règles et de normes qui finissent par ne plus laisser aucune place à l'instinct. Vous avez entendu parler d'un oiseau appelé le puffin, monsieur Williams ?

— Non, jamais.

— Le puffin cendré tiendrait largement dans la paume de votre main. Tous les ans, il part de l'Arctique, tout près de la toundra sibérienne. Ces minuscules oiseaux de mer gris foncé migrent par dizaines de milliers et descendent vers les îles du Pacifique Sud pour y passer l'hiver, c'est-à-dire à quinze mille kilomètres de leur point de départ. Ils ne sont guidés que par cet instinct qui caractérise leur espèce depuis des millénaires. Pendant leur voyage, ils peuvent parcourir jusqu'à quatre cents kilomètres en une fois, volant en formation, selon un schéma très précis. Chacun connaît exactement sa position. Pour se nourrir et se reposer, ils s'arrêtent dans des lieux que fréquentaient leurs ancêtres, mais qu'eux n'ont jamais vus. La plupart de ces oiseaux migrent pour la première fois et pourtant, ils connaissent parfaitement le chemin ! Comment se fait-il qu'ils ne ratent pas cette bande de terre si minuscule que même un avion ne peut la localiser sans un équipement radar extrêmement sophistiqué ? La réponse est : l'instinct. Ils atteignent leur destination car ils *savent* qu'ils le peuvent, ils *savent* où ils vont.

Simon s'interrompit un instant pour savourer une gorgée de porto, puis reprit :

— Et là n'est pas le seul exploit de ces « oiseaux de miracle », comme je les appelle. Quand ils atteignent ces îles, ils sont toujours en formation de plusieurs milliers d'individus et volent à une vitesse de plus de trente nœuds, si près les uns des autres que leurs ailes se touchent. Et, tout à coup, pour une raison connue d'eux seuls, ils se dispersent en plein vol. Certains poursuivent leur route jusqu'aux îles Fidji, d'autres vers la Nouvelle-Calédonie, d'autres enfin vers les îles Cook et la Tasmanie. Dieu sait comment, ils savent qu'ils sont arrivés. Au lieu de se fier à leurs yeux, qui ne voient aucune terre à l'horizon, ils écoutent leur instinct, et chacun prend le chemin qui lui est destiné. C'est l'individualité qu'ils trouvent à la fin de ce voyage. Imaginez un peu ce qui arriverait à ces petites créatures, si l'un des oiseaux de la volée se mettait à dire : « Et si on regardait un peu la carte, histoire de savoir où on est ? On trouvera plus facilement le chemin. » Ils deviendraient incapables d'entendre leur voix intérieure, ils se reposeraient sur autre chose. Ils commenceraient à se battre, à se rentrer dedans en plein vol, à perdre leur sens de l'orientation. Pourquoi devraient-ils aller à l'encontre de leur nature profonde ? Il en va de même pour les hommes. Comme les puffins cendrés, nous commençons par voler ensemble, car nous devons nous développer, puis il vient un temps où chacun de nous doit écouter son cœur et découvrir sa propre destinée. Alors, à l'image de ces magnifiques oiseaux, nous devons nous séparer et entamer chacun notre propre chemin. Malheureusement, la plupart du temps, nous n'y parvenons pas. Nous avons été éduqués pour vivre d'une certaine manière, et cette éducation guide notre existence, pendant dix ou quinze ans. Et, quand nous finissons par découvrir la vérité, par comprendre que nous ne sommes pas cette personne que nous sommes censés devenir, nous nous disons qu'il est trop tard pour retrouver notre vrai moi. Pour certains – et c'est ce qui est tragique –, cet instinct et cette vérité qui sont en chacun de nous resteront muets pour toujours. Il n'est jamais trop tard, monsieur Williams. Seulement, plus on attend, plus c'est dur d'essayer de redevenir soi-même. Thomas Edison s'est fait renvoyer cinq fois de l'école. Isaac Newton ne tenait jamais une heure de cours sans s'endormir. Albert Einstein se moquait totalement de son apparence physique, et pourtant c'est lui qui a découvert la théorie de la relativité, ces lois qui gouvernent tout notre monde physique. Ces individus se sont toujours comportés comme ils sentaient qu'ils devaient le faire et, de ce fait, ils ont avancé vers la connaissance de soi beaucoup plus tôt que la plupart de leurs contemporains. C'est pourquoi ils sont allés plus loin, en l'espace d'une vie.

— Vous voulez dire, Simon, qu'il faut suivre ce que notre cœur nous dicte, sans nous soucier de ce qu'en pensent les autres ?

— Oui, monsieur Williams. C'est de votre vie que vous êtes en train de parler. Et, croyez-moi, quand le jour viendra où vous devrez justifier ce que vous en avez fait, tous ceux qui vous auront dit de vous comporter d'une certaine façon ne seront plus là pour vous défendre, parce que c'est votre propre destinée que vous construisez, la vôtre et celle de personne d'autre.

Il me regarda et, avec ce sourire que j'avais appris à admirer de tout mon cœur, il ajouta :

— Additionnez tous vos petits instants de bonheur. Vous verrez qu'il n'est nul besoin de courir après... Le bonheur est là, auprès de nous, qui nous attend.

7

« Vous découvrirez tôt ou tard
que rien ne vous donnera une joie
aussi parfaite que de venir en aide
à autrui. »

J'avais remarqué récemment que j'étais en train de changer. Je le ressentis pour la première fois alors que je me promenais tout seul le long de la baie. J'avais passé la matinée à me dire qu'il devait y avoir une raison particulière derrière la création de ma compagnie, que tout n'avait pas été dicté par l'appât du gain. *Si seulement je connaissais la recette pour tout remettre en perspective, alors j'aurais une idée plus claire de ce que je recherche dans la vie.*

Je m'assis sur le sable. La matinée était splendide, la mer ressemblait à un miroir argenté, qui reflétait les rayons d'or du soleil. Il n'y avait pas un souffle de vent. *L'océan se repose*, pensai-je. Une des choses que j'aimais le plus, le matin, c'était me lever tôt et aller à pied jusque chez le marchand de journaux, en passant par la plage. J'achetais le journal et je rentrais à la maison lire les nouvelles devant une tasse de café, avant d'aller travailler.

Ce matin-là, plusieurs titres en première page attirèrent mon attention. Les guerres ravageant des pays pauvres, une famille tuée dans un accident de voiture par un chauffard ivre, une étude qui démontrait que les enfants nés dans les pays développés contractaient la leucémie en plus grand nombre… C'était là une première page à désespérer le plus optimiste des hommes.

J'étais en colère, furieux même. Pourquoi la vie était-elle si injuste ? Pourquoi certains avaient-ils tant et d'autres si peu ? S'il existait un Dieu, là-haut, comment pouvait-il laisser faire des choses pareilles ? Pourquoi était-ce toujours les forts qui gagnaient ?

Au bout du compte, nous allons tous mourir, me disais-je. *Tout sera terminé. Pourquoi faudrait-il essayer de…*

— Parce que nous avons tous un but dans la vie.

— Simon ?

— Je sens bien que vous êtes très en colère, monsieur Williams.

— C'est vrai. Comment profiter de cette matinée, alors que je sais que tant de gens souffrent dans le monde ? Vous avez lu le journal de ce matin ? Oh, pardon, j'ai oublié que vous aviez un truc ! Vous savez probablement déjà tout.

Il me jeta un regard plein de méfiance.

— Allons, Simon, vous qui savez tout, dites-moi : comment demander à un enfant malade en phase terminale, ou à quelqu'un qui vient de perdre toute sa famille à cause d'un type qui a trop bu ce soir-là, ou à des gens vivant dans un pays dévasté par la guerre, comment leur demander d'être heureux ?

Il me regarda d'un air triste.

— Vos questions sont sans réponse, monsieur Williams. Je les ai entendues des milliers de fois. Avant, je me les posais tout le temps, jusqu'au jour où j'en ai eu assez de rabâcher toujours les mêmes messages négatifs sans que cela aide qui que ce soit ; de plus, ces pensées me détruisaient, j'ai sombré dans une grave dépression. Pour répondre à toutes ces questions, monsieur Williams, il faudrait que je sache des choses de ce monde que je ne sais pas encore, mais n'oubliez pas que ce n'est pas parce nous ne comprenons pas les choses qu'elles arrivent sans raison.

Il se mit à scruter l'horizon.

— Comment demander à ces êtres de penser au bonheur, alors qu'ils sont pris dans une tragédie personnelle ? Je vais répondre par une autre question. Que voulez-vous qu'ils fassent ? Qu'ils perdent la foi jusqu'à la fin de leurs jours, alors que des gens comme vous et moi savent que le bonheur est possible ? Êtes-vous en train d'essayer de me dire que ces vies ne sont pas importantes, qu'elles devraient disparaître, pour faire cesser la souffrance ? Ne pensez-vous pas que, le jour où ces gens émergeront de leur tragédie, ils seront plus en mesure que vous et moi de parvenir à leur propre bonheur ? Les personnes dont vous parlez, monsieur Williams, ont déjà appris à s'accrocher au plus petit espoir d'une vie meilleure. Un enfant en phase terminale vivra dans le peu de temps qu'il lui reste une vie plus pleine que ce que nous pouvons imaginer. Ces familles déchirées par la guerre ne demandent pas du pain frais, elles remercient Dieu d'avoir survécu un jour de plus et d'avoir reçu juste assez pour survivre. Vous ne voyez donc pas ? Le bonheur, c'est dans leur cœur qu'il est. C'est le monde physique qui rend leur parcours plus périlleux, leur douleur plus grande, mais aussi leur récompense finale plus glorieuse, puisque chacun d'eux a le pouvoir de rendre le monde meilleur qu'il n'est. Et, pour ce qui est des coupables, laissez-moi vous dire une chose, monsieur Williams : ils n'en sortent pas gagnants. Ils sont à des années-lumière du bonheur. Ils tournent en rond, encore et encore, le cœur rempli de haine, dans ce que les chrétiens nomment l'Enfer.

Le regard de Simon sur moi était à présent celui d'un père et il me souriait.

— Et c'est là que vous entrez dans le grand schéma universel, monsieur Williams.

— Je ne comprends pas, Simon.

— La vie vous a donné tout ce que vous avez demandé. Peut-être votre bonheur résidera-t-il dans le partage de votre réussite avec d'autres. C'est cela qui vous aidera à bâtir votre bonheur. Retournez dans le passé, monsieur Williams, jusqu'à votre premier petit boulot. Retrouvez l'excitation de se retrousser les manches, pour conquérir le monde qui s'étend à vos pieds. Faites un effort, essayez de vous rappeler ce que vous avez fait avec votre première paye. L'avez-vous économisée pour une grande occasion, ou bien l'avez-vous dépensée pour vous faire plaisir, ou peut-être pour faire plaisir à quelqu'un d'autre ?

— Ça me revient, maintenant. J'avais travaillé très dur tout un été, à la bibliothèque. Non pas pour gagner de l'argent, mais pour offrir à ma mère ce collier qu'elle aimait tant. Je me rappelle aussi… mais oui, bien sûr ! J'avais acheté un cadeau d'anniversaire à mon père.

— Vous voyez, monsieur Williams ? C'est le bonheur que vous bâtissiez avec ce dur labeur, non l'argent gagné, qui vous donnait cette joie. C'est la clé de tout. Maintenant que vous vous souvenez de cela, vous saurez ne garder que ce qui pourra vous guider sur la longue route qui mène à l'accomplissement personnel. Et qui sait, peut-être aiderez-vous d'autres personnes à comprendre.

— Comment ça ?

— Vous découvrirez tôt ou tard que rien ne vous donnera une joie aussi parfaite que de venir en aide à autrui.

8

« Tant que vous écouterez votre cœur
et mènerez une existence heureuse,
vous pouvez être sûr que vous
ne rencontrerez aucune limite,
si ce n'est celles que vous vous
imposerez à vous-même. »

Je ne revis pas Simon avant un mois. J'avais été très occupé et avais dû voyager pour conclure un contrat capital pour Williams Inc. J'étais enfin de retour au bureau, sans projet de voyage, au moins pour les semaines à venir.

Lors de l'un de mes déplacements, j'avais assisté à un congrès, tenu dans un magnifique complexe hôtelier situé au bord d'une sublime plage de sable fin. Le lieu me rappelait un peu la baie, car je pouvais m'y promener sans être dérangé. Mes pas s'enfonçaient doucement dans le sable humide, les eaux tièdes de ce paradis tropical venaient me lécher les pieds au gré de la marée et les palmiers inclinaient doucement la tête sous la brise. Je m'étais assis un instant pour observer le soleil rougeoyant tomber du ciel, se mêler à l'horizon et disparaître lentement dans la profondeur bleue de l'océan. Cela m'avait rappelé le dernier coucher de soleil partagé avec Simon sur la plage des rêves, un verre de porto à la main.

Vous êtes en train de changer ma vie, mon ami. Je me rappelais lui avoir dit que, si j'avais su plus tôt toutes les choses qu'il m'avait apprises, Dieu seul sait où j'aurais été à cette heure. Et, dans son infinie sagesse, Simon m'avait répondu : « Croyez-le ou non, monsieur Williams, il y a un temps pour tout. Il n'y a rien de pire dans la vie que les "et si". Le seul moyen de changer le cours de sa vie, c'est d'arriver à un embranchement, où la route se sépare. Avant, il est trop tôt. La plupart de nos erreurs viennent du manque d'expérience, monsieur Williams. Les hommes les plus sages sont ceux qui possèdent l'expérience, ceux qui ont appris à travers leurs erreurs passées, qui ont essayé d'agir au lieu de rester sans rien faire. Ne vous sentez pas coupable pour les mauvais choix que vous avez pu faire, monsieur Williams. Tirez-en seulement des leçons. »

Le soleil avait sombré presque entièrement à l'horizon. Le ciel explosait en nuances rouges et roses, et les nuages cotonneux emprisonnaient dans leurs volutes les derniers rayons de lumière. J'avais vu quelque chose briller dans le sable, à vingt ou trente mètres de moi, que la marée montante faisait scintiller à chaque mouvement de vague. *Qu'est-ce que c'est ?* m'étais-je demandé. Piqué par la curiosité, je m'étais levé et approché. La « chose » qui avait pris forme sous mes yeux était un coquillage magnifique, comme je n'en avais jamais vu. Je l'avais ramassé et placé dans la paume de ma main, pour vérifier qu'aucun petit animal ne s'était lové à l'intérieur. Il était vide. *Un palais pour une créature de la mer.* Et puis, une idée m'avait soudain frappé : *le cadeau idéal pour Simon !* A présent que j'y songeais, je me rendais compte que je n'avais donné à Simon aucune preuve tangible de ma gratitude. *Nous avons partagé tant de moments merveilleux, il m'a fait profiter de sa sagesse… et pourtant, je ne lui ai jamais rien donné en retour. Voilà qui ferait un cadeau parfait, pour un homme qui aime tant la mer !*

De retour du congrès, une fois chez moi, j'optai pour une tenue plus confortable et j'ouvris le placard de ma chambre. Là, je pris dans un tiroir du papier cadeau, des ciseaux et un ruban. Je mesurai le papier avec précaution et le coupai. Je sortis le beau coquillage de ma mallette, où je l'avais gardé bien enveloppé. *Il serait mieux dans une boîte,* me dis-je. Dans un autre tiroir, où je conservais toutes mes trouvailles en attendant de leur trouver une utilité, je vis une petite boîte en bois qui correspondait parfaitement aux dimensions du coquillage et qui était même assortie à ses tons crème.

Je plaçai délicatement le coquillage dans la boîte, posé sur un petit coussin de coton, puis je l'emballai et l'entourai de ruban doré. J'étais très fier de mon travail. Je mis le paquet dans ma poche et attrapai un pull, car la soirée était fraîche. Puis, j'allai rendre visite à Simon.

C'était une nuit splendide, une nuit de pleine lune, dont les étoiles silencieuses contemplaient la beauté.

— Monsieur Williams !

— Simon ?

— Mais où étiez-vous, monsieur Williams ? Je me faisais un sang d'encre pour vous. Voilà déjà un mois que je ne vous ai pas vu. Je craignais qu'il ne vous soit arrivé malheur.

— Pourquoi ne pas avoir appelé à mon bureau ?

— Il y a des choses que je ne peux pas faire, monsieur Williams.

— Que voulez-vous dire par là ?

— Peu importe. Alors, qu'avez-vous fait, pendant tout ce temps ?

— J'ai voyagé, je suis allé signer des contrats qui vont mettre ma compagnie en très bonne posture.

— Voilà une bonne nouvelle. J'espère que vous n'avez pas trop travaillé. Rappelez-vous que la seule motivation du travail et de la réussite est d'en ressortir meilleur et plus heureux. C'est Tolstoï qui disait que l'argent en soi est une nouvelle forme d'esclavage.

— Je crois que jamais plus je ne travaillerai autant, Simon. Vous m'avez enseigné une leçon capitale, en me recommandant de prendre du recul. Maintenant que j'ai le temps de vivre, tout me paraît plus simple, même mon travail. Merci beaucoup, Simon.

— Vous n'avez pas à me remercier, monsieur Williams. C'est à vous que vous devez d'avoir découvert quel homme vous êtes vraiment.

— Non, Simon. Vous y êtes pour beaucoup et je ne l'oublierai pas. Mais, en attendant, je voudrais vous prouver ma reconnaissance par ce petit présent. J'espère qu'il vous plaira.

Je lui tendis le paquet.

— C'est pour moi ? demanda-t-il, incrédule.

— Oui, Simon. Pour vous remercier.

— Monsieur Williams, vous n'auriez pas dû.

— Allez, ouvrez-le.

— Moi ?

— Bien sûr, répondis-je en riant. C'est pour vous.

Il prit la boîte avec précaution, défit le ruban très lentement, pour ne pas déchirer le papier. Il savourait visiblement chaque seconde.

— C'est un plaisir de vous voir si heureux, Simon.

— Et c'est grâce à vous, monsieur Williams.

Il souleva doucement le couvercle de la boîte et en sortit son cadeau.

— Oh, mon Dieu !

— J'espère qu'il vous plaît, Simon.

— Il est magnifique, monsieur Williams. D'où vient-il ?

— Je l'ai trouvé sur une plage, lors de l'un de mes déplacements. J'ai pensé qu'il vous plairait.

— Vous avez regardé à l'int…

— Ne vous inquiétez pas, Simon, j'ai vérifié : il n'y avait rien dedans.

— Ah bon, très bien.

Il se mit à manipuler son cadeau, à le tourner et à le retourner entre ses doigts. Par une nuit de pleine lune comme celle-là, le coquillage brillait d'une lueur magique entre les mains de Simon.

— J'en prendrai grand soin, monsieur Williams. Il me rappellera la beauté de la nature et la chance que j'ai d'avoir rencontré un ami comme vous. Maintenant, il faut que je lui trouve un endroit à lui… et vous allez m'aider.

Il se dirigea vers sa cabane. Je ne le suivis pas.

— Entrez, je vous en prie. Ce n'est pas grand, mais je m'en contente très bien.

— Tout homme est seigneur en son château, répondis-je.

— Voilà des paroles très sages, prononcées il y a bien longtemps. Encore une leçon que nous avons gâchée. Nous avons pris cet adage à la lettre, croyant que vivre dans un château était plus important que de vivre dans le bonheur.

Je vis qu'il était sur le point de poursuivre, mais il coupa court :

— Peu importe, entrez donc.

Simon attrapa une vieille lampe à pétrole. Il l'alluma avec précaution et la suspendit à un crochet du toit. J'entrai. Il fallait faire attention, car la porte ne tenait plus très bien.

— Cet endroit a l'air très ancien, Simon.

— En effet, monsieur Williams. Je ne suis pas le premier à l'occuper. Plusieurs autres avant moi ont habité ici.

Il se pencha pour allumer deux bougies plantées dans un chandelier.

— Comment ça, avant vous ?

— Monsieur Williams, cette histoire de bonheur est vieille comme le monde. Notre mode de vie a beau avoir changé, la technologie a beau nous avoir facilité la vie, depuis toujours, nous sommes en quête du bonheur.

— Mais combien de personnes ont vécu ici avant vous ?

— Vous croyez réellement que nous sommes les seuls à rechercher le bonheur ? Des gens comme nous, il y en a partout, monsieur Williams. Certains sont en avance, d'autres luttent toujours, mais tous visent la même chose : l'épanouissement.

Mes yeux finirent par s'accoutumer à la demi-pénombre. La pièce était plus grande qu'il n'y paraissait

de l'extérieur. Dans un coin, un petit lit en bois faisait face à la seule fenêtre qui donnait sur l'océan. Au milieu de la pièce, une table et deux chaises en bois faisaient office de salle à manger. *Pas la peine de chercher un interrupteur ici*, pensai-je. Mais, en dépit du mobilier sommaire, tout était immaculé.

— Vous avez fait du bon travail, Simon.

— Voilà qui me flatte beaucoup, venant de vous, monsieur Williams. Merci. Mais croyez-moi, tout cela me suffit amplement, dit-il avec fierté. Maintenant, il est temps de donner à ce beau coquillage la place qu'il mérite.

Simon posa le coquillage sur une vieille étagère. Il faisait si sombre que je ne voyais pas ce qu'il y avait dessus. Je pris le chandelier et m'approchai.

Des livres. Des livres anciens.

— Socrate, Descartes, Gibran, Ptolémée, Vinci, Dante…

— Simon, c'est une très belle collection que vous avez là.

— Et aussi Shakespeare, Aristote, Démétrius, Darwin, Einstein, Marconi, la Bible, le Coran et la liste ne s'arrête pas là…

— Où avez-vous eu tous ces livres, Simon ?

— Ils ne sont pas à moi, monsieur Williams. Ils étaient déjà là quand je suis arrivé.

— Comment ça, ils étaient déjà là ? Comment pouvaient-ils se trouver dans un endroit dont j'en arrive à croire qu'il n'existe que dans mon imagination ? demandai-je, soudain désemparé.

— Voilà que vous recommencez à parler comme un adulte, monsieur Williams.

— Et que ressentiriez-vous, si tout à coup vous découvriez toutes ces choses, Simon ? J'essaie de me dire qu'il y a un sens derrière tout ça, mais je n'y arrive pas.

— Le fait que vous ne voyiez pas encore le sens de cette expérience ne veut pas dire qu'elle n'existe pas.

Il me regarda droit dans les yeux.

— Tous ces livres, qu'ont-ils en commun ? demanda-t-il.

— Eh bien, ils ont tous été écrits par des personnages célèbres, j'imagine.

— Mauvaise réponse. C'est ce que j'ai cru aussi, en entrant ici, la première fois. C'est l'erreur que nous commettons depuis deux mille ans. La plupart de ces auteurs n'étaient pas célèbres, de leur vivant. Certains furent dénoncés comme hérétiques, Galilée par exemple, parce qu'il avait osé dire au monde que la Terre n'était pas le centre de l'univers. D'autres se sont fait décapiter, comme saint Jean-Baptiste, pour s'être montrés fidèles à leurs croyances. L'un d'eux se faisait même appeler le fils de Dieu et on l'a crucifié pour ça.

Simon me regarda de nouveau, avant de poursuivre :

— Vous avez bien réussi, dans votre vie, monsieur Williams. Comment croyez-vous en être arrivé là ?

— En travaillant dur ?

— Oubliez le travail, monsieur Williams. Ce n'est pas l'origine, c'est le moyen de votre réussite.

Et soudain, je compris :

— Avec de l'imagination ?

— Exactement. Tous ces livres ont été écrits par des hommes et des femmes qui ont su se servir de leur imagination. Et, bien que certains soient morts lapidés, ils sont devenus immortels. J'ai lu presque tous ces trésors, comme je les appelle, et ils m'ont tous conduit à la même conclusion.

— Laquelle, Simon ?

— Tant que vous écouterez votre cœur et mènerez une existence heureuse, vous pouvez être sûr que vous ne rencontrerez aucune limite, si ce n'est celles que vous vous imposerez à vous-même. La vie de chacun d'entre nous est unique. Nous avons tous le droit d'être spécial. Mais on nous a appris à admirer ces auteurs célèbres, sans mettre en question leur enseignement, ni essayer de comprendre ce qu'ils ont voulu faire. On ne nous a pas appris à penser à eux comme à des êtres assez proches de nous, contrairement à ce que l'on peut croire. Mais assez de philosophie, c'est l'heure des réjouissances.

Il se retourna.

— C'est cela que vous cherchez ?

Je lui tendis deux verres remplis de porto.

— Vous apprenez vite, monsieur Williams.

— J'ai un excellent professeur.

— Vous me flattez, monsieur Williams, mais sachez qu'aujourd'hui c'est vous qui m'avez enseigné une grande leçon.

— Je ne vois vraiment pas laquelle, Simon.

— Ce coquillage que j'ai placé sur mon étagère me rappellera toujours qu'il n'y a pas plus bel exemple à suivre que celui de la nature qui nous entoure. Et que les moments de pur bonheur, comme celui que nous venons de partager, viennent du plus profond de notre cœur.

9

« Rêvez-en. Faites-le.
C'est magique. »

Je rentrai tard, ce soir-là. La journée au bureau avait été infernale. De celles où l'on n'a pas une seconde à soi, où tout se déroule de travers.

Je me versai un verre de cognac et allai m'asseoir sur la terrasse. Les senteurs de la mer et la fraîcheur de la nuit étaient bienvenues. Je fermai les yeux et commençai à me détendre.

Je m'endormis immédiatement.

Je rêvai que je me trouvais dans un lieu étrange. J'étais assis, face à une rangée de chaises, dans ce qui ressemblait à une antichambre. Soudain, des personnes que je ne connaissais pas, habillées de noir, entrèrent une par une. Elles avaient un air sévère.

— John J. Williams, nous sommes réunis ici pour vous juger.

— C'est une blague ? demandai-je.

— John Williams, nous vous écoutons. Qu'avez-vous à dire au sujet de votre vie ?

— Au sujet de ma vie ?

— Une vie vous a été donnée afin que vous fassiez de votre mieux et que vous atteigniez le bonheur. Qu'avez-vous fait de cette vie ?

— Eh bien, j'ai travaillé pour me bâtir une situation économique et sociale satisf…

— Répondez à la question, monsieur Williams, je vous prie.

Je commençai à transpirer.

— Que voulez-vous dire ? J'essaie de répondre.

— Êtes-vous heureux, monsieur Williams ?

— Bien sûr, que je suis heureux. Enfin, je veux dire, pas complètement, mais…

— Êtes-vous heureux, oui ou non, monsieur Williams ?

— Non.

— Ainsi, monsieur Williams n'est pas heureux.

Un murmure circula dans la pièce.

— Mais je ne sais pas comment faire…

— Vous ne savez pas comment faire, monsieur Williams ? Depuis votre plus jeune âge, vous avez reçu tout ce qu'un homme peut rêver de posséder. Vous n'avez pas l'air d'imaginer que des personnes moins chanceuses que vous se contenteraient seulement du dixième de ce dont vous disposez. Comme vous l'avez découvert, monsieur Williams, l'avenir nous rattrape bien assez vite, quoi que l'on fasse. Alors, on comprend combien il est important de prendre le temps de vivre, d'être heureux. Eh bien, l'avenir est là, monsieur Williams. Avez-vous compris combien il est important de prendre le temps de vivre ?

— Je commence seulement à apprendre. A me souvenir.

— L'avenir est là, monsieur Williams, et il nous faut rendre un verdict. Au vu de vos réponses à nos questions, nous vous déclarons coupable…

Je me mis à hurler.

— Non, je vous en prie, donnez-moi une seconde chance d'apprendre à être heureux, d'apprécier tous les cadeaux que j'ai reçus. Juste une chance…

Un vacarme unanime parcourut l'assemblée et pénétra mon esprit.

— Coupable !

Je me réveillai en sursaut, en nage et terrifié. *Deviendrais-je fou ?* Jamais de ma vie je ne m'étais senti aussi déprimé et aussi seul.

— Non ! m'exclamai-je.

Je me levai précipitamment de ma chaise. J'étais trempé, je grelottais dans l'air frais du soir. Cette expérience m'avait paru si réaliste que j'en venais à me demander s'il s'agissait bien d'un rêve.

Il fallait que je sorte. J'attrapai mon manteau et sortis sans me retourner. Je me mis à courir, sans savoir où aller, ni quoi faire. Mon cœur cognait, le sang affluait à mes tempes.

— Vous avez des problèmes avec vos vieux démons, monsieur Williams ?

— Simon !

— Il est temps pour vous de prendre une décision, monsieur Williams.

— Comment suis-je arrivé ici ?

— Eh bien, il me paraît évident que vous êtes à un carrefour de votre vie. Quelque chose de très profond en vous vous dit qu'il est temps de prendre une décision.

— Mais… et tous ces efforts que j'ai consentis pour faire prospérer ma compagnie ?

Il sourit.

— Personne n'a dit que vous deviez ranger votre bureau, faire vos adieux et disparaître. Ce que vous avez accompli subsistera et beaucoup de gens en profiteront encore. Je vous parle d'un sauvetage, je vous parle de sauver votre sourire et votre bonheur. Vous en êtes arrivé à un point de votre carrière où vous ne prenez plus plaisir à votre travail. Vous le faites par habitude. Autrefois, vous aviez un but précis, qui guidait chacun de vos actes. Mais vous l'avez perdu.

— Alors, que devrais-je faire, d'après vous, Simon ?

— C'est une question à laquelle vous devez répondre par vous-même, monsieur Williams. Tout ce que je peux vous dire, c'est ce que moi j'ai fait.

— C'est-à-dire ?

— J'ai choisi la simplicité. J'ai décidé de ne garder que les choses qui me rendaient vraiment heureux et de me libérer de tout ce dont je m'étais entouré et qui s'était refermé autour de moi comme un piège.

C'est alors seulement que j'ai pu voir ce qu'il y avait derrière : la voie du bonheur véritable.

— Et moi, Simon ?

— Personne, pas même moi, ne peut vous dire ce qui est le mieux pour vous, monsieur Williams ; ni comment vous rendre votre joie de vivre. Je ne peux que vous guider et vous aider à prendre une juste décision.

— Comment, Simon ?

— Au fond de vous, vous le savez, dit-il en me regardant. Comment faisiez-vous, enfant ?

— Je ne sais pas, vraiment. Je ne m'en souviens pas.

— Eh bien, il est temps de vous souvenir, mon cher monsieur Williams.

Il se tut. Je restai là, debout, à contempler l'océan, essayant de trouver dans son immensité la réponse à ma question. Et c'est ce qui arriva.

— Bien sûr, maintenant je m'en souviens !

— Bravo ! lança Simon d'un air triomphal.

— Jeune, on prend des décisions avec son cœur. On ne réfléchit pas vraiment. On agit, voilà tout.

— Exactement, monsieur Williams. C'est ce qu'on appelle l'instinct. Malheureusement, on a beau naître avec, il disparaît dès lors qu'on limite sa pensée. Il n'y a pas de mal à avoir des règles de conduite ; le problème, c'est que, dès que l'on se met à appliquer trop de règles à la lettre, on perd son libre arbitre. On n'écoute plus ce que notre cœur essaie de nous dire.

C'est triste. Quelqu'un a dit un jour que ce qui rendait l'homme supérieur aux autres créatures, c'était sa faculté de décider en utilisant la réflexion. Les animaux sont guidés par l'instinct. Là est peut-être leur richesse.

— Je crois que je commence à y voir clair, Simon. Pendant toutes ces années, j'ai cru que je prenais des décisions par moi-même. Je me trompais.

— Ça nous arrive à tous, monsieur Williams. Parfois, dans la vie, on perd le fil, on oublie qui l'on est vraiment et on se met à suivre les autres. Mais tôt ou tard, on se rend compte que l'on ne peut pas continuer ainsi. Il faut se sentir bien à l'intérieur pour avoir l'air bien à l'extérieur.

— Cela vous est-il déjà arrivé, Simon ?

— Plus d'une fois, monsieur Williams, croyez-moi. Nous devons tous traverser des hauts et des bas, pour découvrir qui nous sommes, au fond. Ces démons qui vous hantent, monsieur Williams, sont nés en vous il y a très longtemps ; seulement, vous ne l'aviez pas remarqué. A présent, ils remontent à la surface parce que vous commencez à les combattre. Si vous vous mettez à décoder et à suivre votre instinct pour prendre les décisions qui s'imposent, vous verrez que ces démons s'évanouiront peu à peu. Et, avec le temps, si vous vous accrochez, vous pourrez regarder en arrière et constater que vous avez réalisé tous vos rêves d'autrefois.

Simon se détendit soudain.

— Vous allez me raconter une de vos histoires, n'est-ce pas, Simon ?

— Je vois que vous commencez à bien me connaître.

Il sourit et prit une gorgée de porto.

— La côte ouest de l'Australie est l'un des plus beaux sites au monde. Des falaises déchiquetées qui surplombent une mer démontée, balayée par les vents furieux nés des Quarantièmes Rugissants.

— Les Quarantièmes Rugissants ? Qu'est-ce donc ?

— Ce sont des vents qui proviennent du pôle Sud, de l'Antarctique. On dit qu'ils soufflent jusqu'à cent nœuds. Ils sont le cauchemar des navires qui croisent dans ces eaux, où l'océan a vu plus d'un naufrage. Quoi qu'il en soit, la côte est jalonnée de fermes et de forêts d'eucalyptus splendides. Le « bush », comme ils disent en Australie. Là-bas, on assiste vraiment à l'épanouissement des sens.

Il scruta le ciel un moment.

— Je me promenais le long de cette côte, monsieur Williams, lorsque j'ai vu une pancarte, accrochée au portail d'une vieille ferme. Je n'oublierai jamais cette vision. Sur le panneau étaient écrits les sept mots les plus importants que j'aie lus de ma vie, placés là en parfaite harmonie.

— Quels mots, Simon ?

Le regard perdu à l'horizon, il était ailleurs, je le sentais.

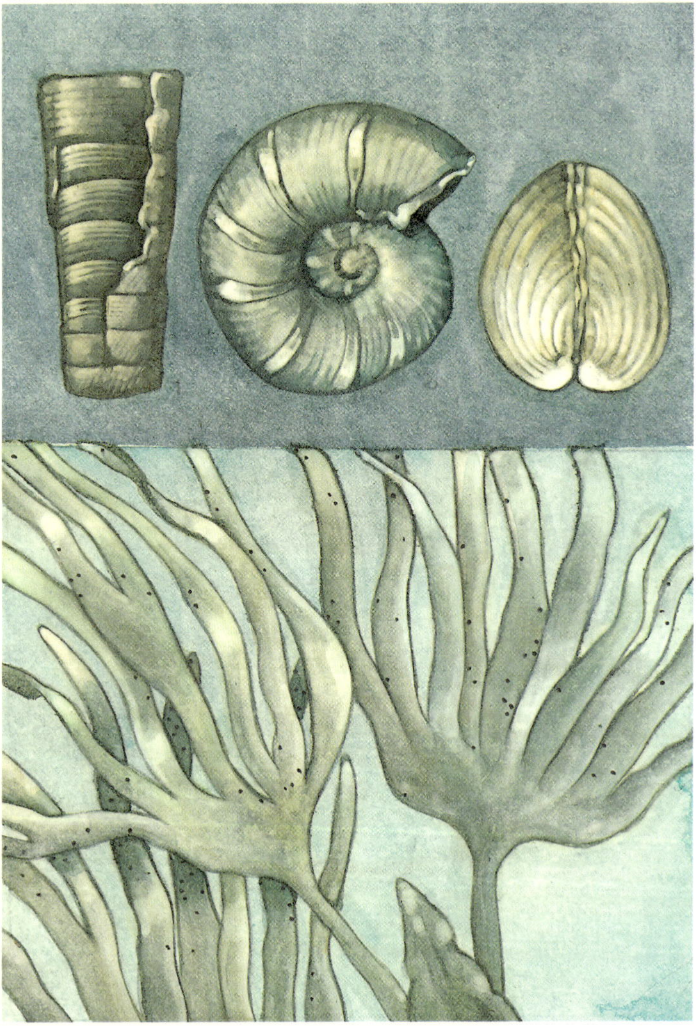

— Rêvez-en. Faites-le. C'est magique.

— Est-ce cela, le secret d'une vie heureuse et bien remplie ?

— De cette ferme, on avait la vue la plus époustouflante. La maison était accrochée à une falaise abrupte donnant droit sur l'océan dans toute sa splendeur. Vous voyez, monsieur Williams, vous trouverez partout dans le monde des gens qui ont bâti leur propre paradis et leur propre enfer. Ce qui compte, finalement, c'est l'attitude que l'on a par rapport à la vie.

Il se tut. Je profitai de l'occasion pour lui poser une question qui me hantait depuis longtemps.

— Simon ?

— Oui, monsieur Williams ?

— Le Paradis existe-t-il ?

Il sourit, de ce sourire qu'il avait eu lors de notre première rencontre, dans le parc.

— Oh oui, le Paradis existe, monsieur Williams. C'est ce coin de votre cœur où sommeille le bonheur, où les rêves deviennent réalité.

— Vous voulez dire : la plage des rêves, n'est-ce pas, Simon ?

Il fixa la mer, comme si des souvenirs lui revenaient en mémoire.

— Confucius a dit : « Ma maison est bien petite, mais ses fenêtres ouvrent sur un monde immense et merveilleux. »

Je regardai Simon et lui fis remarquer, avec un grand sourire :

— Tout comme votre petite cabane, Simon.

Il me rendit mon regard et mon sourire.

— Peut-être bien, monsieur Williams, peut-être bien.

10

« Quiconque sauve une vie,
sauve tout un monde. »

Il m'était devenu de plus en plus facile de me rendre à la plage des rêves. J'avais fini par comprendre que la question n'était pas de savoir *comment*, mais *pourquoi* j'y allais et que c'était la réponse à cette question qui m'ouvrirait les portes de ce monde magique. « Beaucoup de gens n'arrivent nulle part, parce qu'ils ne voient que les difficultés, au lieu d'imaginer le bonheur qu'ils ressentiront, une fois arrivés », m'avait dit Simon.

J'ouvris le tiroir de ma table de nuit et en sortis mon appareil photo, vérifiant au passage qu'il y avait une pellicule à l'intérieur. Une fois l'appareil en poche, je partis pour la plage.

Une forte houle balayait la côte et des gerbes d'écume venaient se fracasser sur les rochers. J'avais le cœur léger.

Je me souviens, Simon, pensai-je. Ces moments passés sur la plage me rappelaient ceux que j'avais vécus autrefois, à l'époque où je savourais chaque minute de ma vie, où chaque jour apportait de nouveaux défis et de nouvelles espérances. Je me souvenais aussi de ma mère, quand elle m'emmenait voir les vagues battre les falaises, avec en arrière-plan un coucher de soleil rougeoyant. Ma mère n'avait jamais remis en cause la vie que j'avais choisie, elle m'avait toujours soutenu. Et, à présent, je me rappelais qu'à l'automne de sa vie, elle avait acquis une sagesse impressionnante. « John, mon chéri, m'avait-elle dit un jour, poursuis ton chemin sur la voie que tu as choisie et fais en sorte d'apprécier ces petites choses de la vie qui sont si faciles à comprendre et à savourer. Sois toujours heureux et partage ce bonheur avec d'autres, simplement en étant toi-même. »

Comme elle avait raison, compris-je. J'avais finalement réussi à boucler la boucle de ma vie : en plus de rencontrer Simon, j'avais retrouvé le sourire. La plage de mes rêves, en somme.

Je me rendis soudain compte que j'étais arrivé.

— Bonjour, monsieur Williams.

— Bonjour, Simon. J'ai enfin…

— Je sais, monsieur Williams, et je peux vous dire qu'elle en est très heureuse…

— Vous êtes décidément plein de surprises, Simon.

— C'est ça aussi, être heureux, monsieur Williams. Il faut parfois penser comme un enfant, mais aussi agir comme un enfant !

Il me fixa de ses yeux verts et profonds.

— Qu'est-ce qui vous amène, aujourd'hui ?

— J'ai enfin pris une décision, concernant mon avenir. Je crois avoir trouvé la réponse.

— Je vous en prie, racontez-moi ça, monsieur Williams.

— Vous aviez raison, en disant que je m'étais beaucoup investi dans ma compagnie et qu'il n'était pas question de mettre la clé sous la porte, après un tel travail.

— Continuez, me dit-il, intrigué.

— Aujourd'hui, j'ai annoncé au conseil d'administration que je me mettais en préretraite et que je cessais par conséquent immédiatement mes activités de président du conseil. C'est Ross MacAlister, un jeune champion qui travaille dans la compagnie, qui va assurer la relève.

— Vous êtes bien sûr que…

— Laissez-moi finir, Simon, s'il vous plaît. Par ailleurs, le conseil a adopté à l'unanimité la décision de créer un fonds appelé « La plage de Simon », dont la tâche consistera à aider les jeunes à trouver le bonheur. Les malades en phase terminale ou les enfants issus de foyers déchirés seront prioritaires. Nous construirons une série de résidences dans lesquelles ces gosses passeront tout le temps nécessaire pour se trouver, avec pour cadre la nature et les bonnes choses de la vie. Ces résidences seront entretenues avec cinquante pour cent des profits de la compagnie. L'autre moitié ira aux employés, les véritables propriétaires de l'entreprise.

J'observai la réaction de Simon.

— Je veux les aider à être heureux, tout comme vous m'avez aidé à l'être.

— Et vous, monsieur Williams ?

— J'ai enfin compris que j'avais bien plus d'argent que nécessaire, Simon. Et que c'est dans son cœur que l'on trouve le bonheur, et nulle part ailleurs.

Simon ferma les paupières.

— Merci, monsieur Williams. Merci du fond du cœur.

Il me regarda dans les yeux.

— La boucle est donc bouclée. Il est temps pour moi de vous faire partager une dernière leçon.

Il rentra alors dans sa cabane.

— Comment ça, une dernière leçon, Simon ? Où allez-vous ?

— Attendez-moi ici, monsieur Williams. J'en ai pour une seconde.

Je me sentis soudain inquiet, contrarié par ses paroles. Je me demandais pourquoi Simon n'avait pas voulu répondre à ma question. C'est alors que je me rappelai mon appareil photo.

— Simon ?

— Oui, monsieur Williams ?

— Accepteriez-vous de me faire une faveur ? Pourriez-vous apporter le coquillage que je vous ai offert ?

— Bien sûr.

Il ressortit avec dans une main un petit livre et, dans l'autre, le fameux coquillage, plus resplendissant que jamais.

— Tenez-le une seconde, Simon.

Et, avant qu'il ait pu dire quoi que ce soit, je l'avais pris en photo.

— Génial ! m'exclamai-je.

Il sembla sur le point de faire une remarque, mais se ravisa et me proposa un porto. J'acquiesçai avec plaisir, car un verre de porto était toujours le signe qu'une conversation intéressante allait démarrer. Je jetai un œil au petit livre que Simon avait posé sur le sable. Il était relié de cuir patiné et orné de deux lettres dorées : « S.W. » Ses initiales, probablement. Puis, je vis une adresse, juste en dessous : « Croisement 3e et 27e Rue, New York, 1955. »

Et soudain, j'eus la révélation.

— C'est impossible ! m'écriai-je.

— Qu'est-ce qui est impossible, monsieur Williams ?

— Ce livre, il est à vous, Simon ?

— Oui, monsieur Williams, pourquoi ?

— J'ai déjà vu ces initiales auparavant. Ne me dites pas que vous êtes…

— Si, c'est bien moi. Comme vous le voyez, rien n'est impossible.

J'en avalai mon verre cul sec.

— Simon Weizmann, le célèbre financier ? Le gourou de la Bourse ? La rumeur racontait qu'il avait disparu du jour au lendemain, sans laisser de traces.

— Eh bien, il a effectivement disparu, monsieur Williams. Un jour, il a décidé qu'il en avait assez, qu'il lui fallait retrouver le bonheur.

— J'ai entendu dire qu'il avait donné toute sa fortune aux pauvres.

— C'est ainsi que les médias aiment raconter ce genre d'histoires, monsieur Williams. Mais c'est inexact. Je n'ai pas donné toute ma fortune aux pauvres. J'ai simplement partagé le fruit de dures années de labeur avec ceux qui avaient besoin d'aide. Donner des biens matériels dont vous n'avez pas besoin n'est pas un exploit, monsieur Williams. C'est juste le début d'une nouvelle vie, d'une vie fascinante.

Après une gorgée de porto, il reprit :

— Le fait est que, lorsque l'on agit pour autrui en pensant uniquement à son bien-être, on se sent mieux. C'est le début du bonheur, une expérience qui peut changer votre vie à jamais. Vous savez, monsieur Williams, l'article qui disait que j'avais tout donné n'était pas complètement exact. Il ne raconte pas toute l'histoire. Si j'ai donné du bonheur à d'autres en faisant don de mes projets ? Oui, c'est vrai. Pour une raison qui m'échappe, le monde semble accorder plus de prix aux biens matériels et il faut tout calculer. Les gens aiment les chiffres. Vous ne me croiriez pas si je vous disais combien de fois on a essayé d'évaluer la somme que j'avais donnée. Les journalistes voulaient un papier à sensation, un sujet à mettre en première page pour vendre plus. Vous croyez qu'ils m'ont demandé pourquoi je le faisais ? Pas une fois, monsieur Williams. Pas une seule fois.

Je vis combien il avait l'air triste. Il souffrait et je ne savais pas comment l'aider. Une idée me vint pourtant.

— Simon, ils ne savent pas ce qu'ils font. Peut-être un jour verront-ils avec vos yeux, peut-être comprendront-ils.

— Vous croyez, monsieur Williams ?

— J'en suis certain, Simon. Il n'y a pas de malédiction ou de bénédiction en soi, tout est affaire d'interprétation.

— Comme le verre à moitié rempli ?

— Exactement.

Il sourit.

— Dans ce cas, il y a de l'espoir.

Nous vidâmes nos verres, assis en silence et le regard à l'horizon. Quelques mouettes blanches jouaient audessus de nos têtes, décrivant de grands cercles dans le ciel.

— Cet endroit est merveilleux, Simon. Je sens que cette plage regorge de réponses aux questions que je me pose encore.

— Je vois que vous continuez d'apprendre, monsieur Williams. Et pour vous, la prochaine leçon commence probablement ici même.

Je me sentis soudain mal à l'aise.

— Eh bien, peut-être, Simon. Je pourrais revenir et vous m'aideriez à…

— Le travail est terminé, je crois que nous le savons tous les deux, monsieur Williams. Il ne vous reste plus qu'à découvrir un peu plus chaque jour votre vraie nature, celle du véritable John Williams. C'est lui, votre meilleur professeur.

— Bien entendu, Simon. Nous pouvons apprendre beaucoup l'un de l'autre, n'est-ce pas ?

— Bien sûr, monsieur Williams. Nous apprendrons beaucoup ensemble. Quelque part, un jour.

J'allais l'interrompre, mais il poursuivit :

— Il est temps pour moi de me reposer, monsieur Williams. Restez aussi longtemps que vous voudrez.

— Merci, Simon.

— Non, merci à vous, monsieur Williams. Merci d'avoir rempli votre verre à moitié vide.

Il me jeta alors un regard plein d'amour.

— Rappelez-vous que quiconque sauve une vie sauve tout un monde.

11

« Si vous voulez être vous-même,
si vous voulez être heureux,
écoutez votre cœur,
car il contient toutes les réponses
que vous cherchez. »

Ce matin-là, j'arrivai au bureau à 8 h 30. Je m'étais réveillé heureux, après avoir passé la majeure partie de la nuit sur la plage des rêves. Jamais je n'aurais imaginé pouvoir devenir plus fort et découvrir le sens de ma propre vie. J'avais finalement trouvé le temps de faire ce que je voulais et le moyen de rendre les gens heureux, grâce à mes efforts et à ceux de mes employés pour bâtir Williams Inc. *Ils la méritent plus que moi*, pensai-je.

— Bonjour, monsieur Williams.

— Bonjour, Sarah. J'espère que vous allez bien, par cette belle journée.

— Pas aussi bien que vous, en tout cas, monsieur Williams. Au fait, n'oubliez pas que vous avez rendez-vous à neuf heures avec les autres membres du conseil.

— Merci Sarah, je m'en souviens.

— Monsieur Williams ?

— Oui, Sarah ?

— Vous allez nous manquer.

Il y avait comme une ombre triste dans son sourire.

— Voyons, Sarah, ce n'est pas la fin du monde. Et puis, je viendrai faire un tour de temps en temps, histoire de voir si tout va bien.

— Soyez franc, monsieur Williams. Vous ne pourriez pas quitter cet endroit pour ne jamais y revenir, n'est-ce pas ?

Elle avait raison. Maintenant que je mesurais la portée des efforts consentis pour bâtir cette entreprise, j'éprouvais un sentiment particulier pour ce lieu que j'avais toujours appelé « le bureau » : j'avais trouvé un but à mon travail et les décisions que je venais de prendre avaient changé ma perception du lieu lui-même. Ces années, les meilleures de ma vie, je ne les avais pas vraiment perdues. Au bout du compte, ce dur labeur rendait beaucoup de gens heureux, car je pouvais les faire profiter de ma réussite. A présent, je savais que cela avait toujours été mon objectif.

— Tout le monde est déjà au courant des dispositions que vous avez prises, monsieur Williams, me glissa Sarah. Je suis tellement fière de vous.

Elle se pencha vers moi et m'embrassa très fort sur la joue.

— Sarah, je vous en prie ! Que vont dire les gens ?

— Je me fiche de ce qu'ils diront, monsieur Williams. C'est le baiser de fierté d'une mère. Je sais que la vôtre aurait été heureuse de pouvoir le faire.

— Merci, Sarah.

Ma boule dans la gorge était revenue.

— Oh, monsieur Williams, j'allais oublier. Ce colis est arrivé pour vous ce matin.

— De quoi s'agit-il ?

— Je ne sais pas. Il est arrivé par coursier et le nom de l'expéditeur n'est pas indiqué.

Je posai le paquet sur mon bureau et l'ouvris. Une lettre accompagnait un petit livre en cuir, que je reconnus immédiatement.

— Simon !

— Tout va bien, monsieur Williams ?

— Sarah, s'il vous plaît, ne me passez aucun appel jusqu'à nouvel ordre.

— Et la réunion avec le conseil ?

— Dites-leur d'attendre, je vous prie.

Je saisis la lettre et l'ouvris.

Cher monsieur Williams,

Avant de faire une bêtise, avant de tirer des conclusions hâtives, je vous demande de lire cette lettre. Vous fréquenter ces derniers mois a été pour moi un plaisir, le plaisir de partager tant avec vous et l'honneur de vous enseigner quelques petites astuces au sujet du bonheur. Je suis très fier du travail accompli mais, plus encore, je suis heureux pour vous car je sais qu'une toute nouvelle vie vous attend, remplie de ces projets que vous avez toujours voulu réaliser. Beaucoup envieraient votre situation. Vous allez pouvoir trouver votre bonheur et, ce faisant, rendre heureux ceux qui ont moins de chance que vous. Et s'il y a bien une chose dont je suis certain, c'est que vous ferez du bon boulot. Mon dernier souhait avant de vous quitter, monsieur Williams, c'est de vous donner ce petit livre, afin que vous puissiez partager avec d'autres ce que, moi, j'ai partagé avec celui qui m'a tout appris. Il n'y a là rien de magique et vous trouverez dans ces pages le moyen le plus simple de faire votre bonheur et celui d'autrui. C'est ce que j'appelle ma « Liste du bonheur », ma passerelle vers une vie meilleure.

Personne ou presque ne fait les mêmes choix, monsieur Williams ; pourtant, cette liste convient à tous. Cependant, il faut veiller à la rédiger lorsque vous serez seul, loin du vacarme des villes, en paix dans votre cœur et avec tout ce qui vous entoure. Moi, j'ai choisi une plage, mais on peut faire sa liste n'importe où, pourvu que l'on se sente totalement libre d'écouter son cœur, car il contient toutes les réponses.

C'est un cadeau pour vous, en remerciement de tout le bonheur que vous avez mis dans ma vie. Et aussi parce que je sais que vous en ferez bon usage.

Vous avez peut-être déjà compris qu'il s'agit d'une lettre d'au revoir, du moins pour l'instant. Je ne peux pas vous promettre que nous nous reverrons, mais ce que je peux vous promettre, c'est que, où que vous vous trouviez, je serai heureux car je saurai que vous l'êtes.

J'ai beaucoup appris, au fil des années, monsieur Williams, mais il reste toujours quelque chose à apprendre. Ne croyez pas que je possède toutes les réponses. Le bonheur se trouve dans le voyage, dans le plaisir d'accomplir. Et c'est ce que j'ai l'impression d'avoir fait, en votre compagnie.

Merci d'avoir rendu cela possible.

Votre ami pour toujours,

Simon.

J'ouvris le petit livre. Il y avait une date, très ancienne, le 24 décembre 1955. *La veille de la disparition de Simon Weizmann*, me rappelai-je. Le livre ne contenait que deux pages. Je commençai à lire la première, en silence :

Hier, je suis allé pour la dernière fois à la plage des rêves, rendre visite à Matthew, qui m'a tout appris et qui vit dans sa vieille cabane. J'y ai trouvé un mot qui m'était destiné, dans lequel il me disait qu'il avait terminé son travail auprès de moi et qu'il était temps que nos chemins se séparent. J'ai été accablé de tristesse, mais je sais qu'il disait vrai.

A présent, je me sens prêt.

Aujourd'hui est le premier jour de ma nouvelle vie. J'ai retrouvé le bonheur et je compte bien le conserver dans mon cœur, le chérir pour toujours. J'ai compris que, pour être heureux et en paix avec le monde, je devais d'abord être en paix avec moi-même. Et pour réussir cela, je vais revoir mes priorités dans la vie.

Je ne laisserai plus jamais l'intérêt et le désir de gloire m'emprisonner comme ils l'ont fait auparavant, car ce sont deux poisons, qui nous font oublier les véritables trésors de l'existence : les petites choses qu'il faudrait faire, au jour le jour, pour bâtir une vie bien accomplie.

Je suivrai ces principes et je me fixerai des buts. Je ferai la liste des choses que j'ai vraiment envie de réaliser et je m'appliquerai à les réaliser. Cette liste sera une liste à ma portée, car j'ai appris que les seules limites sont celles que l'on se fixe soi-même.

C'est pour moi le début d'une nouvelle vie, le départ vers une nouvelle aventure : la conquête du bonheur. Le privilège de posséder ma plage personnelle.

Je tournai la page et lus cette liste :

– *Rêve n° 1 : A partir de cet instant, je serai heureux de ma vie.*

– *Rêve n° 2 : Je trouverai un but à mon travail, non seulement financier mais aussi spirituel, en partageant ma réussite avec d'autres, ce qui m'apportera le bonheur véritable. Je donnerai également les biens matériels qui me sont inutiles à quiconque en aura vraiment besoin. Je ne conserverai que ce qui me sera nécessaire pour mener une vie heureuse et gratifiante.*

– *Rêve n° 3 : Je voyagerai à travers le monde pour voir la vérité par moi-même. Pour comprendre et ressentir ce que signifie le bonheur.*

– *Rêve n° 4 : Je m'efforcerai de trouver la plage de mes rêves et j'y resterai jusqu'à ce que je sente qu'il est temps de passer le flambeau à un autre. Je pratiquerai la pensée positive, je verrai un bien en toute chose. De l'ordinaire je ferai de l'extraordinaire, à présent que j'ai dans le cœur le bonheur véritable.*

– *Rêve n° 5 : Je transmettrai ce savoir à quelqu'un qui aura besoin de mon aide. Cela bouclera la boucle, comme Matthew l'a fait pour moi. Rendre quelqu'un heureux me rendra moi-même heureux.*

– *Rêve n° 6 : Une fois tous ces rêves réalisés, je saurai quoi faire.*

Il a réalisé ses rêves, compris-je.

Je courus à la porte.

— Sarah, annulez la réunion du conseil, je vous prie. Je dois partir.

— Tout va bien, monsieur Williams ?

— S'il vous plaît, annulez seulement la réunion. J'essaierai de revenir cet après-midi.

Je me précipitai à ma voiture et fonçai jusqu'à la baie.

— Ne me faites pas ça, Simon, pas encore…

Je me garai sur l'esplanade, sautai hors de la voiture et allai m'asseoir sur la plage. Je me concentrai, essayant de recréer le contact.

Rien.

Je me remémorai fébrilement tous ces moments heureux et ce que Simon m'avait dit : la plage des rêves serait là pour moi chaque fois que j'en aurais besoin.

Rien ne se passa.

Je courus jusqu'à l'homme chargé du nettoyage de la plage.

— Excusez-moi, auriez-vous vu ce matin le vieux mendiant qui vit là ?

— Je n'ai jamais vu de mendiant sur cette plage, ni même aux environs, monsieur. Les mendiants sont interdits, par ici.

— Ne me dites pas ça. Je discutais avec lui hier encore, ici même, là où nous sommes.

— C'est impossible, monsieur. Je travaille ici depuis vingt ans et je peux vous assurer que je n'ai jamais vu de mendiant sur cette plage.

— Et les falaises ?

— Quelles falaises ?

— Celles qui apparaissent de temps à autre…

— Vous vous sentez bien, monsieur ? Je peux appeler les secours, si vous voulez.

J'inspirai un grand coup.

— Non, merci, ça va aller.

Je retournai lentement à ma voiture.

J'avais perdu Simon à jamais.

Épilogue

« Tant que votre cœur restera
ouvert à la vérité de ce monde,
vous saurez trouver la plage
de vos rêves. »

La réunion avec le conseil fut repoussée. Il me fallait un peu de temps pour moi et je n'avais rien trouvé de mieux que de me noyer dans le cognac. La douleur de la perte de Simon était insoutenable. Il restait tant de discussions à avoir, tant de questions sans réponse.

Ce doit être pareil pour tout le monde, pensai-je. *Rien n'est jamais fini. La vie est un livre rempli de questions et l'expérience un livre rempli de réponses.* Et il était temps pour moi de faire face à la réalité. Ma réalité.

La réunion se passa aussi bien que prévu. Les deux motions furent adoptées à l'unanimité et Ross MacAlister fut nommé président. Il vint me trouver pour me remercier.

— Merci de m'offrir cette opportunité, monsieur Williams. Je ne vous décevrai pas. Je vais travailler aussi dur que vous l'avez fait, je vous le promets.

— Si vous ne voulez pas me décevoir, monsieur MacAlister, ne faites pas ce que j'ai fait.

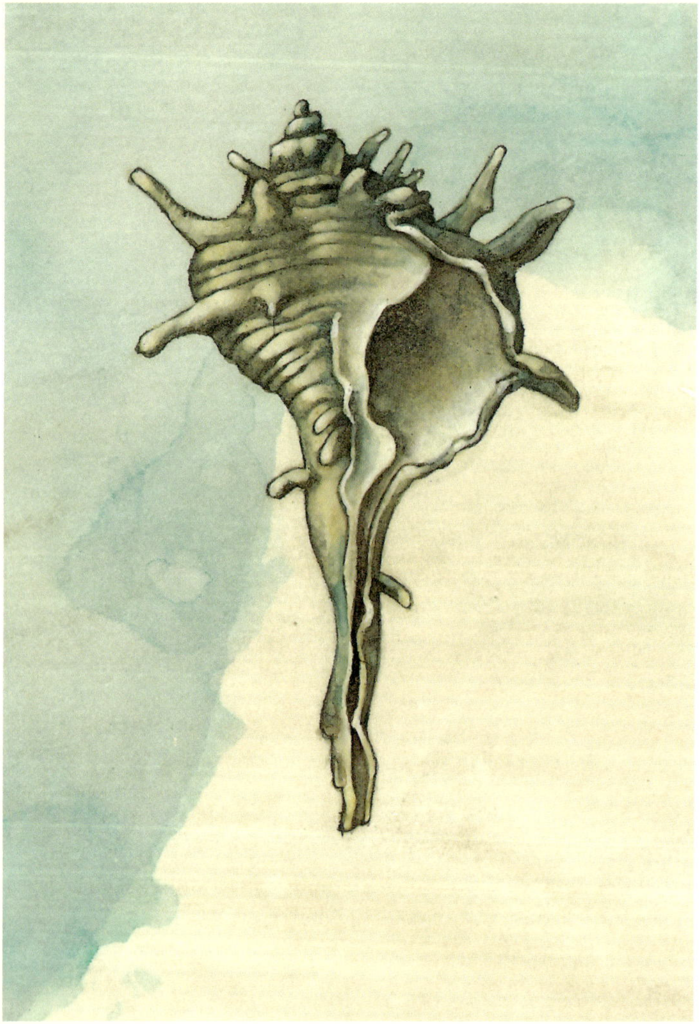

— Je vous demande pardon ?

— Ne travaillez pas autant que moi. Trouvez le temps d'être heureux et de profiter de ce que vous faites, en n'oubliant jamais le bonheur de vos employés.

Il me fixa et sourit.

— Je vous le promets, monsieur.

— Parfait ! répondis-je.

Après la réunion, il y eut un pot de départ. Tout le personnel s'était réuni pour me faire ses adieux. Chacun semblait passer un bon moment.

J'aperçus Sarah. Elle rayonnait.

— C'est bon de voir tant de gens heureux, monsieur Williams, me dit-elle. Et tout ça grâce à vous.

— Non, pas grâce à moi, grâce à tous.

— Qu'allez-vous faire, maintenant, monsieur Williams ?

— Je ne sais pas encore, Sarah. Je vais probablement voyager, visiter tous ces coins que j'ai toujours voulu connaître. Juste pour élargir mon champ de vision.

— C'est une très bonne idée, monsieur Williams. Poursuivez votre chemin sur la voie que vous avez choisie et faites en sorte d'apprécier ces petites choses de la vie qui sont si faciles à comprendre et à savourer.

Je n'en crus pas mes oreilles.

— Où avez-vous entendu cela, Sarah ?

— Nulle part, cela vient du fond de mon cœur !

Je me sentis de nouveau une boule dans la gorge. « Nous ne pouvons communiquer avec ceux qui nous ont quittés que d'une certaine façon et en certaines occasions », avait dit Simon.

Mon Dieu, qu'il avait raison !

— Merci, Sarah.

Je me penchai vers elle et l'embrassai sur la joue.

— Monsieur Williams ! s'exclama-t-elle.

— C'est un baiser double, Sarah. Un pour vous et un pour ma mère, où qu'elle soit.

Je restai jusqu'à la fin du pot, pour m'assurer que j'avais bien remercié tout le monde d'avoir travaillé si dur à mes côtés, pendant toutes ces années. Ils étaient plus fiers que jamais de Williams Inc., maintenant que chacun d'eux en possédait une part. *Rien n'est plus beau qu'une pièce éclairée de sourires,* pensai-je. Je passai à mon bureau faire mes adieux. Le lendemain je reviendrais le vider, emportant ainsi quinze ans de souvenirs.

Je restai debout devant la photo posée sur mon bureau, à dévisager l'homme qui tenait dans la paume de sa main un beau coquillage, ce coquillage dont je lui avais fait cadeau.

Rien.

Je fermai les yeux de toutes mes forces, me concentrant pour essayer d'entrer en contact avec lui, pour retrouver la magie qu'il avait autrefois fait naître dans mon cœur.

Rien. La magie semblait avoir disparu.

« Vous me manquez, Simon », m'entendis-je murmurer. Une larme glissa lentement le long de ma joue.

J'avalai une petite gorgée de porto, ce même porto Ruby que Simon et moi avions partagé tant de fois, lors de ces discussions qui se poursuivaient bien après que le soleil se fut couché sur sa plage de rêves, comme il aimait l'appeler ; ce lieu magique où Simon vivait seul avec ses rêves dans une vieille cabane.

Je finis mon verre, enfilai mon manteau et sortis de mon bureau. J'étais sur le point d'éteindre la lumière, lorsqu'un détail attira mon attention. La photo de Simon. Quelque chose clochait dans sa photo.

Oh mon Dieu ! Je dus m'agripper au bureau. Là, sur la photo, se tenait Simon, la paume de la main ouverte… Mais le coquillage avait disparu !

Ses paroles me revinrent : « Tant que votre cœur restera ouvert à la vérité de ce monde, vous saurez trouver la plage de vos rêves. »

Espèce de vieux sage.

Le sourire aux lèvres, j'éteignis la lumière.

Je savais où trouver ce beau coquillage.

Cet ouvrage a été composé
par Atlant'Communication
aux Sables d'Olonne (Vendée)

Imprimé sur les presses
de l'imprimerie France Quercy à Cahors (Lot)

en septembre 2002
pour le compte des
Presses du Châtelet

Imprimé en France
N° d'édition : 154 - N° d'impression : 22087
Dépôt légal : septembre 2002